99のなみだ・虹

涙がこころを癒す短篇小説集

リンダブックス

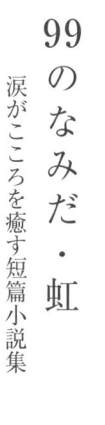

目次

ハタチのあなたへ　谷口雅美　7
焼けぼっくい　佐藤万里　26
風が吹く　美崎理恵　48
神様が調整中　源 祥子　68
ヒッティングマーチ　野坂律子　90
きのした食堂　美崎理恵　110

春を待ちながら　三間祥平　130
雪うさぎ　甲木千絵　150
あーちゃんのひな祭り　佐藤万里　172
さよならは一度だけ　谷口雅美　194
湯畑の向こうへ　美木麻里　214
ヨンタさん　小松知佳　236

99のなみだ・虹

ハタチのあなたへ

成人式というのは、きれいな着物を着る日。そう知ったのは、お向かいに住む香月《かづき》ちゃんが振袖姿で恥ずかしそうに、でも、少し誇らしげに門を開けて前の道路に出てきたのを見た、小学三年のときのことだ。いつもは「遅刻する！」とバタバタと出かけていく香月ちゃんが、その日はおしとやかにタクシーに乗り込んで、成人式の会場である市立体育館へ出かけて行った。ぼうっと見送った私に、「柊子《しゅうこ》も成人式には、あんなきれいな着物を着るんよ」母がそう教えてくれた。

だから、翌年の二月にうちの小学校で『二分の一成人式』をやることになったと知ったとき、私はものすごく興奮した。『成人式』というからには、香月ちゃんのようにきれいな着物を着られるはず。そう思い込んでいた私は、『二分の一成人式』ではいつもの学校指定の制服を着るのだと知って拗《す》ねた。いつまでも拗ねている私に母は、「今回も着物着て、成人式も着物着て——ってなったらウチは破産するやんか、勘弁してや」と笑いながら言った。

「成人式にはええ着物が買えるように、いまからコツコツお金貯めといてあげるから、早《は》よ機嫌なおし」

「ほんまに？　香月ちゃんみたいなきれいな着物やで？　約束やで」と言うと、母は微笑んで、

「任せとき」と胸を張った。

『二分の一成人式』を二日後に控えた夜、コタツに入って書き物をしている母の背中にもたれながら、私は成人式の振袖カタログをめくっていた。カタログは去年香月ちゃんから譲ってもらったもので、読みすぎてボロボロになっている。それでもページをめくりながら、（私のときはどんなんがええかなぁ）と考えるとワクワクした。振袖に帯に小物に髪型にメイクに――と決めなければならないことが山ほどある。

「あ、お母さん、これ、見て！　この髪型、めっちゃかわいない？」と振り返ったとき、母が書いていたものをパッと両手で隠した。

「なに書いてんの？」

「『二分の一成人式』で渡す手紙。柊子らも書いたんやろ？」

私は頷いた。私たちが書いたのは、『二分の一成人式』で読む『十年間の振り返り』という作文、それに家族と、二十歳になった自分へ宛てた手紙の二通だ。

保護者も、十歳の私たちと二十歳になった私たち宛てに手紙を書くことになっていて、担

任の先生は「できるだけ、家族全員に書いてもらえるよう頼んでいる」と言っていた。

（お父さんは私が寝た後やないと帰ってけぇへんぐらい忙しいから、絶対無理やなぁ）と思いながら、私は母が必死で隠している手元を覗き込んだ。

「わ、『ハタチのあなたへ』やって。ひゃあ、お母さん、ちょっとかっこつけ過ぎちゃう？」

母の、いつも少しむくんでいる指の間から見えた文字を読みあげてからかうと、「柊子！邪魔すんねやったら二階行っとって！」と顔を赤くしながら言い返された。

「改まってアンタに手紙書くのなんか、お母さんかて恥ずかしいねんよ！」

確かに、家族宛ての手紙を書いたときは、かなり恥ずかしかった。だから、私は素直に「はーい」と返事をしてカタログを手に立ち上がった。

「お母さん。約束どおり、ええ着物買《こ》うてあげますって手紙に書いといてよ」と言うと、母は「書いとく、書いとく」と笑っていた。

そして、『二分の一成人式』当日、私は両親から手紙を貰った。多忙な父まで書いてくれた――それがすごく嬉しかった。ドキドキしながら開いた便箋には、『いつもあまり話ができなくてごめんな。お父さん、お母さんと柊子のために毎日がんばってます。だから、嫌いにならないでくれよ』と書かれていて、私はちょっと笑ってしまった。私がお父さんを嫌いになんかなるわけがないのに。

去年、母が病気で入院したとき、たまたま父兄同伴の遠足があった。その日、父はものすごく朝早く起きて、やったこともない料理にチャレンジしてお弁当を作ってくれた。そんな父を私はすごく尊敬している。

母からの手紙は『柊子は勉強もがんばってるし、オシャレにも興味が出てきたね。好きな人もできて、だいぶ大人に近づいてきたけど、まだまだ、半分大人、半分子どもというところかな。いつかは大人になるんだから、あんまり急がなくてもいいからね。いつまでも、お母さんのかわいい娘でいてください。成人式まで十年もあるんだから、着物はじっくり決めようね』という手紙だった。

その手紙を読んだ私は、（急がなくてもええやなんて）と口を尖らせた。（早く大人になってきれいな着物を着て、成人式に行きたいのに、お母さんは何もわかってない）と生意気なことを考えていた。

二十歳の自分に宛てた手紙はタイムレターとして学校が保管して、二十歳になったら送られてくるということだった。十年先、自分がどんな大人になっているのか、想像もつかなかったけれど、カタログや香月ちゃんの振袖姿のおかげで、きれいな着物を着て立っている自分だけは簡単に想像できた。私はその空想ごっこにしばらく夢中になっていた。

けれど、友だちとの遊びや勉強、習いごとで忙しくなると、いつしかその遊びからも遠ざかり、年に一度、成人式のニュースがテレビで流れる時期だけ、母と盛り上がる話題となった。

ところが、五年後に母が病死してから生活はガラリと変わった。家事に追われ、勉強に追われ、大学に入ったころには成人式のことなど頭からすっかり抜け落ちてしまっていた。一年以上も前から業者が送ってくる振袖カタログにも興味はひかれず、開封してもすぐ古新聞の袋に放り込んでいるほどだ。

だから、朝食のときに「柊子、成人式のことやけどな」と父が言い出したとき、私は笑いながらすぐに遮った。

「バイト入ってるから、式は出ぇへんよ」あっさりとした答えに、父が顔をしかめる。

「せやけど、お母さんと約束したやろ――」

「お父さん!」私は父を小声でたしなめると、父の隣に座る真奈《まな》さんを素早く見た。一年前に父と再婚した真奈さんは、私たちのやりとりには関心がないようで、カフェオレを飲みながらテレビのニュースを見ている。私はそっと安堵のため息をついた。

真奈さんは母親ヅラもしないし、子ども扱いをして私のことを必要以上に構ったり、距離を縮めるためなどと言って季節のイベントや遊びを押しつけたりもしない。ちょっと年の離れた親戚のお姉さんが居候しているような感覚で、非常に楽だ。

それでも、死んだ母のことは意識しているだろう――ということは何となくわかる。母の話になると遠慮して入ってこない。そんな真奈さんがいるところで母との約束を持ち出した父の無神経さに呆れながらヨーグルトを食べていると、なんと父は真奈さんに話を振った。

「どないしたもんかな、細貝《ほそがい》くん」

父は一回り年下の真奈さんを、旧姓の「細貝くん」と呼ぶ。真奈さんも父のことを他人行儀に「水原さん」と呼ぶ。ただし、これは私がいる時だけで、いない時は「真奈ちゃん」「修《おさむ》くん」だ。そのやりとりをついうっかり聞いてしまったときは、顔から火が出るぐらい恥ずかしかった。でも、よく考えると夫婦なのに苗字で呼び合うほうが不自然で恥ずかしい。私に気をつかっていると思うと、かなり気の毒だ。

というわけで、新婚家庭にいることに居心地の悪さを覚えた私は、三回生になったら薬学部の実習が忙しくなるという理由で家を出るつもりでいる。もう二十歳で大人だから、一人でやっていける。だから、デートだ、サークルだと楽しそうな友だちを尻目に、私だけ勉強とバイトに追われる日々なのだ。

真奈さんがテレビから目を離し、やっと会話に参加する。

「写真だけでも撮るっていうのはどう?」その提案に、私は笑って手を振った。

「一枚や二枚の写真のために振袖を買ったり借りるんは、お金がもったいないやん。それやったら、三人で美味しいもん食べに行かへん？」

すごくいいアイデアだと思ったのに、父は私の言葉など聞こえなかったような素振りで、真奈さんに振袖のパンフレットを持ってこさせた。

「気に入るのがあるかもしれんから、目を通しておきなさい」

私はイライラと目の前に置かれたパンフレットの山を、父のほうに押し返そうとした。そのときだ。父は「美容院も予約してあるんやから」と言った。

カチンときた。そんなことは聞いていないし、頼んだ覚えもない。

「余計なこと、せんといてよ！　バイトあるって言うたでしょ！　美容院なんか、キャンセルしてよ！」

思わず、声が大きくなった。父は憮然とした顔をし、そして、真奈さんは戸惑った表情でこちらを見つめた。しまった、と私は唇を噛む。子どもっぽい言動だったと恥ずかしくなる。まだ父に怒りをぶつけたいところだったけれど、大きく息を吸い込んで文句を押し込んだ。

「ほんまにええから。バイトは休まれへんから、美容院はキャンセルしといて」と精一杯穏やかな口調で言うと、私は使った食器を手に席を立った。

成人式で振袖を着ない――それは、母が死んだときに自分で決めたことだった。一緒に振袖を決めようと約束していた母がいなくなった以上、振袖を選ぶことも着ることも楽しくもなんともない。逆に母を思い出してしまいそうだった。

食器を洗っていると、隣に並んだ真奈さんが「意外やったわ」と囁いた。「柊子ちゃんも大声出すんやね」何だか少し嬉しそうな真奈さんに、私は曖昧に微笑み返した。

「でも——ほんまにええの？　お友だちは成人式に出るんでしょ？」

（ああ、またその話か）とうんざりしながら、私はショートの髪を指差した。

「うん。振袖とかメンドイやん？　成人式に出るつもりもなかったから、髪も先月バッサリ切ってしもたしね」

「なるほど」と真奈さんが頷く。理解がありそうな彼女に、私は力説する。

「振袖なんか着んでも成人式に行かんでも、成人は成人やん？　もうとっくに誕生日きてんねんから、ムダなことはせんかてええと思うねん」

真奈さんから父を説得してもらいたかったのだけれど、それを察した彼女は少し困った顔で「そうかもしれへんけど……」と呟いた。

真奈さんを父と娘の板挟みにするのも申し訳ない。説得をお願いするのは無理そうだと判断した私は、「あ、そうや、真奈さん。この前言うてた映画、ＤＶＤになったみたい。今度レンタルしてくるね」と話題を変えた。

成人式当日は、バイト先の進学塾で中学受験を控えた小学六年生を対象にした特別講習があり、私は朝から家を出た。駅までの道でも電車の中でも進学塾がある駅でも、華やかに着飾った新成人たちを見かけた。自分で決めたことなのに未練がましく、（お母さんがおったら、私もあんなふうに着飾ってたんやろなぁ――）と思う自分が嫌で、私は新成人を見かけるたびに目をそらせた。

小学校や中学校の頃の友人たちからは、晴れ着姿の写メとともに「柊子と会いたかったのに」というメールが届いた。そのたびに、「私も残念！　けど、中学受験を控えた教え子をほっとかれへんから」と返信した。

メールが一段落すると、あとはいつもと同じ、何の変哲もない一日だった。授業の合間に質問を受けたり、受験への不安を訴える生徒の話を聞いたり、小テストを作ったりしているうちに、今日が成人の日であることなど忘れてしまった。

帰宅すると、リビングのテーブルに私宛の郵便物がのっていた。何気なく封筒を手にした私は、送り主を見て「あ……！」と小さな声をあげた。送り主は卒業した小学校だった。

声に驚いてキッチンから出てきた真奈さんが、「どうかした？」と聞いてくる。

「てっきり同窓会のお知らせかなって思《おも》たんやけど、違《ちご》た？」と覗き込んでくるのを、「あ、うん、そんなもんやと思う。あの——先に着替えてくるね」と誤魔化して、私は封筒を手に階段を駆け上がった。

心臓が大きく脈打つ。この封筒には三通の手紙が入っているはずだ。十年前に書いた、二十歳の自分に宛てた手紙と両親からの手紙。私はベッドに座り込み、開けようかどうしようか迷った。

この封筒の中には十年前の両親と自分がいる。母の死など想像もしていなかった自分がいる。死ぬことなど予想もしていなかった母がいる。きっとこの手紙を読めば、母が死んだときのことを思い出して辛くなる——。

だから、私は封筒を開けないことに決め、押し入れの衣装ケースの奥底に押し込んだ。悲しいこと、辛いことはもう思い出したくなかった。

「柊子ちゃん、ご飯できたよぉ」と真奈さんの呼ぶ声がする。私は手早く着替えると、キッチンへ下り、何食わぬ顔で遅い夕ご飯を食べた。

父が帰ってきたのは、私がそろそろお風呂に入って寝ようかと思っていたときだった。「お父さんが、柊子ちゃんに話があるって」という真奈さんに促され、（また今日の成人式のことで何か言われるんかな）と憂鬱になりながらリビングへ行くと、ネクタイを緩めた父が固い表情でソファに座っていた。

真奈さんは気を利かせて席を外し、私は父の向かい側の席に座った。

「柊子。成人おめでとう。――これはおまえが好きに使いなさい」そう言いながら、父が差し出したのは私名義の通帳だった。

まさか、通帳をプレゼントされるなんて思ってもいなかった。私は戸惑いながら小さな声でお礼を言って通帳をめくり、最終行の金額を確認する。結構な額だ。お小遣いにしてもお祝いにしても多すぎる。

「こんなに……ええの？　ちょっと多ない？　真奈さん、このこと知ってんの？」声を潜めて聞くと、父がやっと小さく笑った。

「気にせんでええ。――おまえのために貯めとったもんやから」

そして、話はそれだけだと言わんばかりに立ち上がると、「風呂、先にもらうな」と言った。きちんとお礼を言っていないことを思い出し、慌てて「お父さん、ありがとう」と頭を下げると、父は目をシパシパさせて、小さく「うん」と頷いた。

部屋へ戻り、ベッドに寝転んで再び通帳を開く。学生には多すぎる六十万円という金額は何度見ても興奮する。

「毎月五千円で……十年？　うわ、すごいなぁ。コツコツ貯めてくれてたんや」と呟きながら、ページをめくる。利息の行を除くと、口座開設の日からずっと五千円の入金が並んでいる。

口座開設の日付を見て、私は「ん？」と眉を寄せた。日付は十年前の二月。『二分の一成人式』の日だった。

成人式にはええ着物買えるように、いまからコツコツお金貯めといてあげるからね――母の言葉が蘇ってきて、私は飛び起きた。

「これって、この通帳ってもしかして……振袖貯金――？」震える手でページをめくる。毎月ほぼ同じ日に入金されていたけれど、五年前、母が亡くなった月だけ大幅に遅れ、その翌月からはまた前と同じ日にちに入金されている。

父が、母の「振袖貯金」を引き継いでくれたのだ。だから、父は私に振袖を着せようとムキになったのだ。母が楽しみにしていたから。母が守り続けていた私との約束だから。

手紙に、ええ着物買うてあげますって書いといてよ――あの日、手紙を書いている母にそう頼んだことを思い出し、私はフラフラと押し入れに近づいた。無性に母の声が聞きたかった。

衣装ケースの衣類をかき分け、奥底にしまいこんだ封筒を取り出す。そっと封を切り、中に入っていた三通の手紙を絨毯の上に並べた。

まず自分の手紙から手に取る。『ハタチの私へ』という文字のあと、いきなり『青木くんと、うまくいきましたか？』と、当時好きだった男の子の名前が出てきた。思わず苦笑する。答えは残念ながら、NOだ。告白もできなかった。そして当時、あれだけ好きだったのに、別の中学に行ってしまった彼の顔は、もう思い出せない。

十歳の私は、二十歳の私を質問攻めにする。『修学旅行は楽しかったですか？　制服のかわいい中学に行きましたか？　どんなクラブに入りましたか？　ちゃんと勉強してますか？　ステキなオトナになりましたか？　お化粧はしていますか？　将来何になりたいですか？』

投げかけられる問いは幼稚だったけれど、当時の私が大人になった自分を想像して必死で書いたものだった。十歳の自分の質問に、ひとつひとつ心の中で答えていた私は、最後の質問で詰まった。『成人式でどんな着物を着ましたか？』

あの頃、私の頭の中は成人式の振袖のことでいっぱいだった。だから、最後の最後にとっておきの質問をしたのだ。（ごめんね、着てへんのよ）と心の中で謝る。

十年前の自分は知らないのだ――無邪気な文字を見つめながら思う。この手紙を書いた五年後に母が死んでしまうことも、多忙な父との二人暮らしの寂しさや大変さも、真奈さんを紹介されたとき、（ああ、これで家事から解放される）とこっそり安堵したことも知らないのだ。

次に手にした父からの手紙は、十年前の手紙と一緒で少し情けない、懇願調子だった。

『十年たってお父さんがハゲてても白髪だらけになっていても、太ったりおじさん臭がしていても、嫌わないでくれよ。もう恋人がいるかもしれないけど、たまにはお父さんと出かけたりしてください。柊子はいつまでもお父さんの宝物です』

十年前の父は、自分が一回りも下の女性と再婚しているなんて、夢にも思っていないだろう。そして、宝物だと思っていた娘に怒鳴りつけられて、せっかく母から引き継いだ「振袖貯金」を使うこともなく、せっかく予約した美容院までキャンセルすることになるなんて、思いもしなかっただろう――。

私は最後の一通を手にとった。ここには母がいる。生きていた母が書いた文章がここにある。深く息を吸って気持ちを整えてから、母の手紙を開くと、『ハタチのあなたへ』という、十年前に見た、懐かしい文字が飛び込んできた。恥ずかしがって手で覆い隠した母の姿が鮮やかに蘇り、鼻の奥が熱くなる。

私はもう一度深呼吸をすると、母の手紙を読み始めた。

『まずは成人おめでとう。とうとう大人の仲間入りだね。ここまで成長したあなたを、私もお父さんも誇りに思っています。十年前の手紙で、お母さんは早く大人にならなくていいと書きました。でも、実は書きながら無理だな、と思ってました。だってね、お父さんが作ったお弁当のこと、覚えてる？』

もちろん、覚えている。料理をしたことがなかった父が、遠足のために作ってくれたお弁当は散々だった。オニギリは潰れていて、中の梅干が丸見え。卵焼きはコゲコゲでブロッコリーは生。詰めるときに失敗した豚の角煮もグシャグシャ――。父兄同伴の遠足だったから、私と同じものを食べながら、父は「ごめんな、ごめんな」と謝り続けていたっけ。

『お父さんがお弁当の写真を見せてくれたけど、見栄えもひどくてかなりビックリするようなお弁当でした。お父さんが「まずくて全部食べられなかった」と言っていたお弁当だったのに、あなたは全部食べきって「美味しかったよ、お父さん、ありがとう」と言ったと聞いて、柊子はすごいなと感心しました。大人の半分しか生きていないのに、きちんと相手の気持ちを思いやれている。そんな柊子は、絶対にステキな大人になったはずです。どんな女性になったのか。そして、これからどんな人生を歩み、どんな人と出会うのか。とても楽しみです。好きな人ができたり、将来やりたいことができたときには話してくれると嬉しいな。でも、ハタチになったあなたにお母さんが望むことは一つだけ。幸せになってください。それだけです。P.S. 柊子の振袖姿、キレイだろうな。楽しみにしてるね』

便箋を持つ手に、ポタリと涙が落ちた。

私はあの頃の母が期待していたような、ステキな大人になんてなっていない。思いやりのある大人にもなっていない。母が始めてくれて、父が引き継いでくれた約束を、（お母さんが死んだから振袖なんて意味がない）と子どもっぽく拗ねてダメにしてしまったのだから。せっかくカタログを集めたり、美容院の予約をしてくれていた父の気持ちを、「余計なことせんといてよ！」の一言で切り捨ててしまったのだから。

ハタチになったけど、ちっとも大人じゃない。こんな私は大人なんかじゃない――。

母と父、そして十年前の自分に申し訳なくて涙があふれる。私は声を殺して泣いた。

そのときだ。「――柊子ちゃん、お風呂あいたけど」とドアの向こうから不意に声をかけられた。急いで嗚咽は堪えたけれど、すぐに言葉を返すことはできなかった。

でも泣いていたのはバレていたのだろう。「ごめん、開けるね」と断りを入れて、真奈さんが部屋に入ってきた。子どもみたいに泣いているのを見られなくて、私は急いで顔を伏せた。

「ごめん、なんでもない。なんでもないから――」そう言って手紙をかき集め、「お風呂やんね。すぐ入る」と平静を装って答えた――つもりだった。でも、言葉にはならなかった。おまけに涙も止まってくれず、絨毯にポタポタと落ち続ける。

背中にそっと掌が当てられた。真奈さんの掌から、じんわりとぬくもりが伝わってくる。

真奈さんは、私の嗚咽がおさまるまで理由も聞かず、そうしていてくれた。やがて、私の涙が止まったころ、「じゃあ、おやすみ」と呟いて立ち上がろうとした。その真奈さんの腕を、私は急いで掴んだ。

「――真奈さん。相談に乗ってくれへん？」

一瞬、驚いたような表情を浮かべた真奈さんは、少し照れながらも「もちろん」と頷くと、私の前に座り直した。

十年前の『二分の一成人式』と同じ日、私は近所の写真館で記念写真を撮ることにした。時期が外れたから無理かもしれない、と心配していたけれど、真奈さんが呉服屋さんと美容院、そして、写真館にテキパキと話をつけてくれた。成人式当日はバタバタするから、前撮りだけでなく、後で撮影をする人も多いらしい。

「どれがええとか、お父さんにはわからん」と二の足を踏む父も強引に呉服屋さんに連れて行った。途中から「あれもかわいい」「こっちもええね」と女同士で盛り上がり、ついていけなくなった父が店の隅で寂しそうな顔で佇《たたず》んでいたから、真奈さんと二人で慰めるハメになってしまった。

着付けとヘアメイクをしてもらうために行った美容院で、「じゃ、一時間後に迎えにくるね」と言った真奈さんが、綺麗に包装された小さな細い箱を差し出した。

「柊子ちゃん。これ、私からお祝い。振袖、一緒に選ばせてくれてありがとう。嬉しかった」

中に入っていたのは選んだ振袖に合う、黄色と赤のカンザシだった。

「うわ、めっちゃキレイ。ありがとう――」そっと取り出すと、カンザシについている細工がシャランとしとやかに鳴った。ショートの髪型にも合いそうで、一目見て気に入った。

私は真奈さんの顔を覗き込んだ。

「真奈さん。今回の手配だけやなしに、振袖のパンフレットも前の予約も……ごめんなさい。ありがとう」

真奈さんが一瞬息を呑み、そして、赤くなった。「知ってたん……？」

たくさんの振袖のパンフレットを地道に集めてくれていたのも、人気の美容院に電話をかけ続けて予約を入れてくれたのも真奈さんだったと、父がこっそり教えてくれたのだ。私は母と父の気持ちだけでなく、真奈さんの気持ちも踏みにじるところだった。

着付けとメイクを終えた私は、真奈さんが運転する車に十年前の香月ちゃんのようにおしとやかに乗り込んで、父が待つ写真館へ向かった。

振袖姿の私を見つめた父は、ただ、「うん」と頷いた。私が続く言葉を待っていると、もう一度「うん」と頷き、「――お母さん、絶対に喜んでると思うぞ」と言ってくれた。

写真館のおじさんに言われるがまま、澄まし顔で一人だけの写真を撮ったあと、私は「お父さん、来て。一緒に撮ろ！」と声をかけた。恥ずかしがって尻込みする父の背中を、真奈さんが押しやってくれる。私は持ってきた母の写真を膝の上にのせて、父とカメラに収まった。

そして、ニコニコしながら撮影を見守っていた真奈さんを、手招きする。

「真奈さんも！」躊躇する真奈さんの手を、今度は父が引っ張ってきた。

撮影後、写真館のおじさんに丁寧に礼を言った私を見て、「知らない間に大人になってもうたんやなぁ。ちょっと寂しいな……」と父が感慨深そうに呟く。私は笑って首を振った。

「あかんよ。年齢だけ大人で、まだまだ子どもやから。せやから――お父さん、真奈さん。これからもいろいろ相談に乗ってください」

そう言って頭を下げると、髪につけたカンザシがシャランと鳴った。

焼けぼっくい

手帳を開くと、一ヶ月余り先の真っ白いページに勝行《かつゆき》はホテルの名を書きこんだ。

娘が結婚式と披露宴を執り行うと決めたそのホテルは、勝行が卒業した大学にほど近い場所にあった。正確にいえば、勝行と別れた妻の信子とが卒業した大学だ。娘の結婚相手も同じ大学の出身という。そのことがいまの勝行にはちょっと嬉しい。久しく会っていない娘との距離が一気に縮まったような気さえする。

祝杯をあげようと買ってきたウィスキーの水割に口をつけながら、勝行は馬鹿だなと苦笑する。いわゆるマンモス大学なのだから、卒業生など掃いて捨てるほどいる。娘がその男を結婚相手に選んだとき、親と同じ大学の出身だということに気づいたかどうかさえ定かではない。だがそれでもその男は勝行と信子の後輩で、もっと言うなら勝行と同じ経済学部の後輩なのだ。

花嫁の父か、と呟《つぶや》いてみる。なんだか妙にくすぐったくて、実感が湧かない。まあそれも仕方ないよなと思う。何しろあまりに急な話なのだ。

携帯電話に未登録の番号から着信があったのは、数日前の日曜日の午後だった。

いまの勝行には日曜も平日もない。会社を定年退職して以来、一日が長くてたまらない日々を過ごしている。時間を持て余して訪れる先は図書館と決まっていて、携帯が鳴り出したときもそうだった。マナーモードにすることを忘れていたと気づいて、慌てて立ち上がった。飲み会の誘いだろうか、それともかつての部下から何か仕事の問い合わせか。勤めていた頃とは打って変わって、携帯が鳴ることは珍しくなっていた。十一桁の数字の表示に誰だろうと訝《いぶか》りつつも、勝行はいそいそと図書館の外へ出て行った。

「あなた……？」

電話の向こうの窺《うかが》うような声を聞いた途端、信子だとすぐに分かった。分かったことが腹立たしく、わざと気づかない振りをした。

「田原ですが」

「ああ良かった。番号変えてなかったのね」

そういうおまえは変えたのかと思い、別れて十年にもなるのだから当たり前かと思い直した。

「きちんと、名乗りなさい」

「相変わらずなのね。私よ、信子です」

苦笑気味の声が聞こえ、それから急に改まった。

「お忙しいところ、ごめんなさい。実はね、雅美が結婚することになったんです」

「え……」

別れた妻の戸籍に入ることを選んだ一人娘だ。今年いくつになったんだと忙しく頭を働かせる。三十二か、三か、もうそんな年になっていたのかと初めて気づいた。

「急な話で申し訳ないんだけど、参列してもらえないかしら。あの子、私に遠慮して言い出せなかったみたいなのよ」

「いつなんだ」

「来月の二十三日。年度末の土曜日なんて、仕事忙しいかしら」

「待ちなさい、いま手帳を見るから」

見るまでもない。スケジュールは真っ白だ。でもそんなことはとても言えない。

「分かった。なんとかしよう」

「良かった。あの子、喜ぶわ。じゃあすぐに招待状送りますから。住所は雅美が知ってるわね?」

念のためにと確認して、十年振りの妻からの電話は切れた。

ちょっとばかり早口な妻の声。相変わらずだな、と勝行は苦笑した。図書館の入り口脇のベンチに腰掛けたまま番号を登録した。二月に入ってようやく、暖かな日が続くようになっていた。

一年ちょっと前に六十歳の定年を迎えたことに、信子は気づいていないのだろうか。そう思うと、寂しさがふとよぎった。いいや、雇用継続制度を利用するなり嘱託社員になるなりして、いまも現役で働いていると思いこんでいるに違いないと思い直す。勝行だって、もちろんそのつもりだったのだ。大手電機メーカーの勤め先が、まさか自分が残れないほど業績不振だなんて思ってもみなかった。

いや、業績だけが原因じゃないのだろう。要は俺に人望がなかったということだ――。自嘲気味に勝行は思う。退職した途端、ぱったり携帯電話が鳴らなくなったことがその証拠だ。在職中はうるさいほど飲みに行こうと誘われていたのに、あれは俺が誘われていたんじゃなかったのかと気がついた。営業本部長ならそれが誰でも良かったのだ。

結局、信子が言ったことは正しかったのかな、とふとした折りに思うようになっていた。

雅美も就職したことだし、親としての責任は果たしたから離婚したいのと切り出されたとき信子に言われた。

「あなたは自分だけが偉くて正しいと思ってるのよ。いつの間にか、上から目線でものを言うようになっちゃったわ。昔のあなたはそんなふうじゃなかったのに」

「くだらないことを言うんじゃない」

そのときは信子を叱り飛ばした。おまえには会社で働く厳しさが分かっていない、上に立つ者にはそれなりの自覚と責任が必要なんだ、仲好しこよしでやってられるか——。

結婚して二十五年、ちょっと強く言えば「はい、はい」と折れてきた信子が、そのときばかりは頑として譲らなかった。

「やり直せるかと思ったけど、やっぱり駄目ね」

聞く耳を持たないといった風情の勝行に、信子は小さく溜め息をついた。

勝行は五十一歳、会社の中で責任のあるポジションにつき、忙しい毎日を送っていた。分からないことを言うなら好きにしろと、差し出された離婚届にサインした。雅美はためらいもなく母の戸籍に入ることを選び、最初のうちは「ご飯を食べに連れてってよ」と電話してくることもあったが、いつしか疎遠になってしまった。接客態度が良くないとか料理が出てくるのが遅いとか、勝行がささいなことで店員を叱りつけるたびに母と同じような非難を口にして、やがて連絡をしてこなくなった。

それでもいいさと会社勤めをしていたころは思っていた。晩飯を食べるの食べないの、そんなわずらわしい連絡から解放されて気楽になったとも思った。コンビニはあるし、洗濯機は全自動だし、学生時代に比べれば一人暮らしは格段に便利になっていた。休日ゆっくり朝寝をしようと、持ち帰った仕事に没頭しようと、誰からも文句を言われない。信子と雅美の他愛ないおしゃべりや口喧嘩につきあわされることもない——。

独り身の気楽さを満喫していたのは、会社を定年退職するまでだった。

俺は間違っちゃいない、会社が評価してくれていると信じていたことが裏切られた。「こんなことも分からないのか」「何度同じミスをくり返すんだ」と部下たちを叱責したことは認める。けれども自分たちもそうやって仕事を覚えてきたじゃないか。何故パワハラまがいの言動だとマイナスの評価をされてしまうのか、納得がいかなかった。改めてもらわなければ困ると言われ、抗議をしたら定年を延長して働きたいという雇用継続の申請は通らなかった。

朝起きて行くところがない。するべき仕事が何もない。そのことがこんなにも堪《こた》えるとは思わなかった。

大手電機メーカーの最前線で定年まで働いたんだ、俺を必要とする会社はいくらでもあるさと探したが、思うようにはいかなかった。エクセルも使えないんじゃ事務職は厳しいですねとあっさり言われた。書類作りなんか部下に任せりゃいいじゃないかと腹を立てたら、年配者向けハローワークの職員にやんわりと注意された。

「田原さん。これまでの会社でのポジションはお忘れになったほうがいいですよ。俺が教えてやるという態度では面接は通りません」

なんだそれはと職員を怒鳴りつけ、職探しは止めてしまった。これまでのキャリアを生かせないなら仕事をして何になる。

以来、時間を持て余す日々が続いている。地域のボランティア活動に顔を出したこともあったが、延々と続くおしゃべりに嫌気がさしてそれきりだ。行く場所は図書館より他にない。一人暮らしがこんなに侘《わび》しいなんて初めて知った。


ほどなく送られてきた結婚式の招待状には、ホテルの名前の横に新郎も同じ大学の出身なのだと添え書きがあり、信子からの短い手紙も挟まれていた。

——どうもありがとう。雅美も喜んでいます。式は十一時からですが、少し早めに来て、あちらのご両親に挨拶してもらえると助かります。信子。

雅美も喜んでいます、という一文に妙に心がざわついた。

「久し振りにみんなで食事に行きましょうよ」とか「どこか旅行に行きたいわ」とか勝行を誘うとき、雅美を引き合いに出すのが信子の常だった。「雅美もきっと喜ぶと思うの」と言いながら、実はそれが信子自身の希望だったことを知ったのは、雅美が中学生になった頃だ。

「私は部活があるんだもの。旅行に行きたいのはお母さんでしょ」

反抗期を迎えた雅美に図星を指されて、信子は困ったような顔をしていた。

けれどもそれからも、ちょっと値の張るケーキを買ってきては「雅美が喜ぶと思って」と言い訳することを続けていた。もっとも母娘の好みは似通っていて、信子の言葉通り雅美が大喜びすることも多かったのだが。

今回はどうなのだろうと、手帳に書きこんだホテルの名を見つめ直した。結婚式に勝行が参列することを喜んでいるのは雅美なのだろうか。それとも、とふと思う。

「私よ、信子です」と久し振りに聞いた妻の声が思い出された。あの頃もそうだったなと忘れていた思い出がよみがえる。

信子とは大学時代に、新聞研究会のサークル活動で知り合った。二年先輩の勝行が卒業し、下宿からアパートに移って電話をひくと、待ってましたとばかりに頻繁に掛けてくるようになった。「私よ、信子です」と告げる、はにかんだ、でも華やいだ声――。

別れる前はとがった声ばかり聞いていたが、十年振りの電話はまるで若かった頃のように弾んでいた。いきなり別れ話を切り出した信子に抱えてきたわだかまりが、すっと溶けたような感じがした。こんなことを思うなんて、会社を辞めて人恋しくなっているせいだろうかと自嘲する。

久し振りに飲むウィスキーの水割が苦い。氷が解けて、カランとグラスに当たる音がする。

信子はいま何をしているのだろう。別れたときは生保レディの仕事を始めたと聞いていたが。

雅美が結婚すれば信子も一人暮らしになる。いまは結婚式の準備で忙しいだろうが、もう少しすれば寂しさをしみじみと感じるようになるだろう。そのときには一人暮らしの先輩として、何か言ってやらなくては。すぐに慣れるさ、なんて言葉は月並みだろうか。図書館はいいぞ、時間つぶしにはもってこいだ、と教えてやろうか。寂しくなったらたまには電話を掛けてきなさいと伝えてやるのもいいかもしれない。なんといっても元は夫婦だったのだ。時には会って一緒に食事してもいい、と考えて、何を馬鹿なことを、と苦笑する。あれは別れた妻じゃないか。

でも——と一方でささやく声がする。お互い一人になるんだし、別れたときの感情の高ぶりはもうおさまっているし、そんなことがあってもいいんじゃないか——。

予定があれば時の流れは変わるのだろうか。一ヶ月はまたたく間に過ぎ、結婚式の当日が訪れた。朝からよく晴れた、うららかな春の日だった。

ＪＲの駅からホテルまでシャトルバスが出ていたが、勝行は近くの地下鉄の駅から歩くことにした。

四十年前、毎日通った学生街だ。交差点の角のそば屋もその向かいの定食屋もまだあったのかと懐かしさがこみ上げてくる。よく世話になったアルバイトの紹介所も昔通りの場所に事務所を構えていたが、ガラス戸に所狭しと貼られていた求人の紙は見当たらなかった。登録を呼びかけるポスターにはＵＲＬやＱＲコードが記されていて、そうか、いまはネットで情報を流す時代だものなと寂しいような思いで納得する。

それならもう、事務員と仲良くなって話し込むということもないのだろうか。親身になって、あれこれと相談にのってくれた長髪の事務員の顔が思い浮かぶ。勝行より三つ四つ年上の、兄貴という感じの事務員だった。バイトを探すならここがいいよと信子を連れてきたときには二人の仲をからかわれ、まだつき合い始める前だったから返事に窮したことを思い出す。

ケーキ屋やアジアンテイストの雑貨屋や、小洒落た新しい店もずい分増えた。ここには昔どんな店があったっけと考えるが、それはもう思い出せない。

ふと路地が目に入った。確かここは、と思い出して曲がってみる。まさかもうないだろうと思っていた古びた喫茶店がまだそこにあった。

「いい店を見つけたのよ。穴場よ」

そう言って信子が教えてくれた喫茶店だ。『ローレライ』という店名が少女趣味的な感じがして、最初は抵抗があったけれど、初老のマスターが豆を挽いて淹れてくれるコーヒーは抜群に旨かった。静かな、落ち着いた店だった。ちょっと前に流行った『学生街の喫茶店』という歌があって、こんな店なのかなと語り合った。信子があの頃よく口ずさんでいたけれど、あれはどんな歌だったろう。

信子との待ち合わせにはいつもこの『ローレライ』を使うようになった。友達とのおしゃべりに夢中になってしまったと、信子が息を切らせて駆け込んでくることもよくあった。ごめんなさい、と手を合わせる信子に、いいさ、待つ時間も楽しいんだ、とずい分キザな言葉を返したものだ。けれども本当に、あの頃は信子を待つ時間が苦にならなかった。窓の向こうに信子の姿が見えるまで、ゆっくりと本のページをめくっていた。

人を待てなくなったのはいつからだろう。信子や雅美が遅れてくればもちろん叱った。家族でなければ余計に辛抱できなくなった。

いつだったか、出張で上京してきた甥《おい》っ子と食事をしようと待ち合わせたことがあった。信子と二人で待ったが、約束の時間を過ぎても甥っ子は現れない。道に迷ったんじゃないかしらと心配する信子の隣りで、勝行は癇癪を起こした。

「目上の者を待たせるとは何事だ。失礼な奴だ」

やがて現れた甥っ子は、間違えて反対方向の電車に乗ってしまったと頭を下げたが、勝行は「言い訳はいい」と耳を貸そうとしなかった。

そうだ、あれは信子が別れ話を切り出す少し前のことだった。一体何が気に入らないんだと問い質したとき、そのときのことを信子に言われた。

「昔のあなたはあんなふうじゃなかったわ。間違えたならいいさ、仕方ないさって、どうして言ってあげられないの。出世して、偉くなって、人から気を遣われるのが当たり前になっちゃったのよ」

そんなことはないと否定したが、あのときの信子の言葉は正しかったのかもしれない。いまにしてそう思う。会社での評価がそのまま自分の評価だと信じていた。

結局、俺のことを一番よく見ていたのは信子だったということだろうか。そんな思いがふと胸をよぎる。なんといっても二十五年も連れ添った夫婦なのだ。つき合い始めた頃から数えれば、もっと長い時間を共に過ごしたことになる。俺のことを誰よりも分かってくれていて当たり前じゃないかと今更のように思う。

『ローレライ』の戸口には、それだけはまだ新しい『準備中』の札が掛かっていた。もう少ししたら開くのだろうか。帰りに信子を誘って寄ってみようか。

ふと「焼けぼっくいに火がつく」という諺《ことわざ》が頭をよぎって、そんな馬鹿なと苦笑した。

ロビーにいた信子の姿はすぐに分かった。

十年振りに会う別れた妻はなんだか少しも変わっていない感じがした。染めているのか、髪の毛もまだ黒々としている。なんだか俺だけが年老いてしまったようだなと、勝行は白髪の目立つようになった頭に手をやった。

留袖を着て、ホテルの従業員の問い掛けにてきぱきと答えていた信子は、勝行の姿に気がつくとぱっと顔を輝かせ、小走りに歩み寄ってきた。

「来てもらえて良かったわ」

「いや、何もかも任せきりにしてすまなかったな。大変だったろう」

頭を下げると、信子は「まあ」と目を見張った。

「何もかも勝手に決めてって叱られるかと思ったわ」

「そんなこと言うものか」

答えながら、十年前の俺なら怒ったろうなという思いがよぎる。すべてを掌握していなければ気がすまなかった。あの頃は何故あんなにカリカリして、肩肘張っていたのだろう。ああそうだ、取締役になれるかなれないかの瀬戸際で、少しでも自分を大きく見せようと必死だった。そんなつまらない悪あがきは逆効果なだけで、結局、営業本部長止まりで終わってしまったが。

「いま美容師さんが来ているんだけど、まずは雅美に会ってやって」

信子が控え室に案内してくれる。鏡の中に勝行の姿を見つけた雅美は「お父さん」と立ち上がった。若い頃の信子に驚くほどよく似ている。

「いろいろとありがとう。お礼状を出そうと思ってたんだけど、ごめんなさい」

結婚式の費用を一部負担すると申し出たことを言っているのだろう。つい一週間ほど前に気がついて、慌てて信子に連絡をしたばかりだ。

「うん、いいさ。親子なのに礼状なんて水臭い」

柄にもなく目が潤んできそうで、またあとでなと早々に退散した。信子に気づかれていそうで面映ゆい。

「三十を過ぎた花嫁なんてどうかと思っていたが、そうは見えないな。安心したよ」

「まあ、あなたったら」

信子が上目遣いに睨む。まるで夫婦だった頃に戻ったようだ。

新郎、新郎の両親、そして親族と、信子が次々と引き合わせてくれる。先方は事情を承知しているらしく、信子が「雅美の父」と紹介すればにこやかに挨拶を返してくれた。勝行は「ご挨拶が遅れまして」と頭を下げてゆけばそれでいい。そうだ、信子はいつもこうした気遣いを見せてくれた。細かなことは信子に任せておけば安心だった。それなのにどうして、出過ぎた真似をするなと叱りつけるようになってしまっていたのだろう。

「ありがとう、助かったよ」

「どういたしまして」

頃合いを見計らって礼を述べれば、信子は小さく微笑み返した。あの頃はすまなかったなという思いを込めたことに、信子は気づいていてくれただろうか――。

結婚式も披露宴も滞りなく終了した。新郎新婦は近くの店を借り切って、友人たちと二次会を行うという。

「落ち着いたら、今度食事にでも行こうじゃないか」

別れ際、新郎に声を掛けると、緊張した面持ちで肯《うなず》かれた。口うるさい父親だとさんざんに吹き込まれたらしい気配が窺える。

「どうもお疲れ様でした」

信子が深々と頭を下げた。新郎新婦を送り出し、ほっとしたような、同時にちょっと気の抜けたような表情をにじませている。

「ああ、こんな日が来るなんてな」

「年を取ったっていうことかしらね」

言おうと思っていた言葉を先取りされる。十年前とちっとも変っていないと思っていたが、微笑を浮かべた目尻に小皺が増えていることに気がついた。

「そうだ――これ」

ポケットに忍ばせていた小箱を、さり気なく取り出した。

「昔、映画を観たことがあったろう?」

「覚えてたの？」

信子が驚いたように目を見張る。そうか、信子も覚えていたのか――。

確か結婚する少し前のことだった。もうタイトルもどんなストーリーだったかも思い出せない。ただラストシーン近く、娘を嫁がせた夫婦が指輪を贈り合うシーンがあった。娘が生まれてから嫁いだ今日までの思い出を語り合い、いろんなことがあったねと感謝し合って。

「いいわね、あんな夫婦になりたいわね」と信子は何度もくり返し、その度に勝行は「なれるさ」となんでもないことのように答えていた。あの頃は本当に、夫婦が夫婦であり続けることなど簡単なことのように思っていた。

「この前、思い出したんだ。指輪ってわけにはいかないからブローチにした」

「私も――ネクタイピンなの」

信子もバッグから小箱を取り出す。渡そうかどうしようか迷ってたんだけど、と恥ずかしそうに笑う。

二人で観た映画の思い出、二人で過ごした長い時間、俺たちは夫婦だったんだなと改めて勝行は思う。

「あれだな、雅美がいなくなると寂しくなるだろう」

「そうね。でもまあ仕事もあるしね」

生保レディの仕事を続け、いまでは主任と呼ばれる立場にいることは、披露宴の間に聞いていた。年齢以上に若々しく見えるのは仕事が充実しているためかもしれない。

そんなこと、あんなことを、まだまだ話し足りないような思いがした。さっきから焼けぼっくいがぶすぶすとくすぶり出しているようだ。誘ってみるかと勇気を奮った。

「なあ――さっき『ローレライ』の前を通ったんだよ。あの店、まだ健在だった」

「まあ、そうなの？　懐かしい」

「開いてるかもしれない。寄ってみるか」

「――ごめんなさいね。人と会う約束があるの」

信子はちょっと困ったように目を伏せた。

「こんなときに言うのも何なんだけど――私もね、籍を入れようかと思っているの」

籍を入れる――。とっさには分からなかった。再婚するということか。

信子は口早に、生保の営業先で知り合った人で、雅美にも紹介してあって、と説明する。

そうか、雅美のウェディングドレス姿を携帯で盛んに撮って、何やら操作していたが、もしかしてその男に送っていたのかと納得する。

「なんだ、だったらよべばよかったのに」

動揺が口に出ないように、さらっと言う。

「だって、やっぱりおかしいでしょ」

「そうだな、新旧二人の夫が顔を揃えるなんてな」

「いやあね、そんな言い方」

信子の声がちょっと曇った。

「すまない。そんなつもりじゃなかったんだ」

慌てて頭を下げる。今日一日、せっかくなら楽しい気持ちで終わりたい。

「知らなかったよ。道理で活き活きしていると思った。おめでとう」

「ありがとう——あなたのほうは？」

「え？」

「いるんでしょ、誰かいい人。だって、なんだか丸くなったもの」

それはおまえと再会したからだよ、とはまさか言えない。

「——そうだな。でもまだ、籍を入れるってとこまではな」

ささやかな見栄を張る。

「それに、一人暮らしも慣れるとなかなか気楽なもんだし」

「そうね、あなたは強い人だし。私は駄目。ずっと一人なんて耐えられないわ」

強いものか。強く見せているだけじゃないか。会社を辞めて一年ちょっとでもう心が折れそうだ。他の誰が分からなくても、おまえが分かってくれなくてどうするんだと叫びたくなる。でもおまえはもう妻じゃない。

「これ、俺がもらって良かったのか」

手の中のネクタイピンの小箱に目を落とす。

「やあね、当たり前でしょ。雅美の父親はあなたじゃないの」

「――そうだな」

小箱をポケットにおさめた。これは娘の父親に対する贈り物だ。それ以上でも、それ以下でもない。

「じゃあ、その人によろしく」

「ええ。今日は本当に、ありがとうございました」

別れた妻は他人行儀に頭を下げる。軽く手を振って、笑顔で別れた。

信子と二人きりで話をするのは、これが最後になるかもしれない。焼けぼっくいに火はつかなかったということだ。

ホテルの前にはシャトルバスが停まっていた。間もなく出発するというアナウンスが流れるが、勝行は朝来た道を引き返した。

肩をいからせながら歩く。学生の頃、新聞研究会でサークル仲間に言い負かされたときもこんなふうにして歩いたものだと思い出す。じゃあな、用があるから先に帰るよ、となんでもないことのように席を立った。追いかけてくる足音が聞こえ、やがてコツコツと歩調を合わせ始める。振り返るといつも、心配そうな顔をした信子がいた。

でももう信子が追いかけてくることはない。学生たちが賑やかな声を上げながら、勝行を追い越してゆくだけだ。

路地の突き当たりの『ローレライ』には『営業中』の札が掛かっていた。コーヒーを飲んで今日一日を締めくくるかとドアを開けたが、途端に騒々しい音楽と笑い声があふれ出した。

「ごめんなさーい。満席なんですよォ」

若い娘が舌足らずな口調で告げる。その盆の上にはケーキだのパフェだのが並んでいた。ここはもう、俺の知ってる『ローレライ』じゃないということか。

そっとドアを閉めて、引き返した。たとえ席が空いていたとしても、あの頃のようなコーヒーはもう味わえないことだろう。初老のマスターの技は誰も受け継がなかったに違いない。

店は変わった。俺も変わった。俺は人を待つことができなくなり、信子は俺の元から去っていった。そして残りの人生を共に歩む他の男を見つけたのだ。二人の道はもう交わることはない。そんなことさえ気づかずにいたなんて。時が流れてしまったのだ。あの頃流行った『学生街の喫茶店』にも、そんなような歌詞がなかったろうか。けれども思い浮かぶのはメロディだけだ。

「あの、すみません」

品のいい老夫婦に声を掛けられた。

「この辺りにあると聞いたんですけど」

いま出てきたばかりのホテルの名を告げられる。

「この道をまっすぐ行って、信号を越えた左側ですよ」

「ありがとうございます」

老夫婦は揃って頭を下げる。妻は足が悪いのか、夫に手を取られてゆっくりと歩いてゆく。寄り添うように歩く老いた二人。あんな夫婦になれたかもしれないのに、俺はどこで間違ってしまったんだろう。本当なら今頃は、娘が嫁いだ喜びと寂しさを二人でしみじみと分かち合っていたはずなのに。俺はどうしてこんなふうに、語り合う人もいないまま、一人住まいの部屋へ帰ってゆくのだろう。

悔やんでも過ぎた時間はもう戻らない。別れた妻は他の誰かの妻となるのだ。

ポケットのふくらみをそっと押さえた。

「誰か、いい人を見つけなきゃな」

もう一度、地域のボランティアサークルでも覗いてみるか、と勝行は広報紙を思い浮かべた。いろんな団体が紹介されていたはずだ。前に立ち寄ったサークルはずい分和気あいあいとした雰囲気だった。短気を起こさず、じっくりとおしゃべりに耳を傾ければ、誰か気の合う人も見つかるかもしれない。そうしたら旨いコーヒーを飲ませてくれる喫茶店を探しに行こう。

どちらもきっと見つけられるに違いない。

そうだ、人生はまだ長い。

「長い間、世話になったね。ありがとう」

「いいえ、こちらこそありがとうございました」

社長の言葉に、俺は深々と頭を下げた。横の水原くんはというと、ぺこっと頭を下げただけだ。彼はいつもこうだった。大学生のアルバイトなので大目にみてきたが、目上の人にも客にも友だち感覚で礼儀がなっていなかった。最後くらいきちんと挨拶をすればいいのに……、と思いながら一緒に店を出ると、もう夕焼けは完全に沈んでいた。ここでの六年が終わった……。

少し切ない気持ちでいると、「木村くん」と社長が何か言い忘れたかのように出てきた。

「君はもう次の仕事、決めたの？」

不意の質問に、「いいえ、まだです」と答えると、社長は「あ、そう……」と少し考えて、言いにくそうに言った。

「だったら……客商売はやめた方がいいよ」

「え?」と訊き返そうとしたが、社長は苦笑いですぐに店の中に戻っていった。

「どういう意味だ……」

俺の呟きに水原くんが笑った。

「だって木村さん、笑わないんだもん」

笑ってない? 俺が――?

十年前、二十歳のとき、俺は島根の田舎で両親と一緒に暮らしていた。小さな会社に勤め、家と会社を車で行ったり来たりの毎日で、故郷を出たといえば、中学の修学旅行で行った大阪が一番遠い場所だった。そんな俺が都会を見てみたいと東京へひとり旅に出た。そして、それはカルチャーショックの旅となった。昼間以上に明るい夜。あっちもこっちも若者だらけ。恐ろしいほど本が並んでいる本屋、人があふれている喫茶店。人、人、人。都会に免疫のなかった俺はすっかり東京の街に魅せられてしまった。そして家に帰ると両親に頭を下げた。

「俺、東京でがんばってみたいんだ。生活が軌道にのったら仕送りをする。将来はちゃんとこっちに帰ってくる。だけえ、東京に行かせてえや」

そう言ったものの、俺はひとり息子。そう簡単に認めてくれるはずがない、と思っていたのに、ふたりは案外簡単に許してくれて、「応援しとるけえ」と送りだしてくれた。

そしてやってきた東京、これからは楽しい日々が待っている、と信じて疑わなかった。でも、実際に待っていたのは現実だった。都会の時間の流れは早く、追いつめられる日々が続いた。安定した仕事は見つからず、食べていくのがやっとだった。俺という存在がどんどん薄くなっていく。このままじゃ俺、消えてなくなってしまう――。生きていればなんとかなる、今までの甘い考えが吹っ飛んだ。都会という場所は夢の場所じゃない。現実の場所なんだ。頭を切り替えなくては――。

俺はより好みをせずに目の前にある仕事をこなしていくことにした。とにかく、俺の居場所を作らなくてはと思った。そして、バイト生活四年を経て、小さなメガネ屋に正社員として就職。その後、結婚をして子どもも生まれ、閉店となる今日まで六年間、店に尽くしてきた。と、自負していたのに、なんなんだ……社長の最後のひと言……。

「何かあった？」

釈然としない思いが顔に出ていたのか、夕食を食べながら晴美が訊いてきた。妻の晴美は洋食屋のシェフ。自分の店を持つのが夢で、一歩ずつ着実に進んでいる。俺とは大違いだ。そんな妻にまさか「俺、笑ってない？」と訊けるはずもなく、俺はつっけんどんに「無職になったんだから当たり前だろ」と言った。

「仕事はゆっくり見つければいいよ。まずはひと休みしてさ」

「そういうわけにはいかないだろ！」

つい荒らげてしまった声に、晴美が目を丸くした。そこに、まだ空気を読みとることのできない動物好きの息子、充《みつる》が無邪気に話しかけてきた。

「ねえ、パパ、知ってる？　タヌキは化けるんだよ。人をだますんだよ。特に満月の夜は気をつけた方がいいんだって。すごいよね〜。動物園のタヌキも化けるかなあ」

今日、幼稚園で先生が読んでくれた絵本の中に、そういう話があったらしい。

「タヌキもキツネも島根の家の裏山にいっぱいいたよ。化けるかどうかはしらないけど」

「すごい！　ねえ、いつか島根に行こうよ。ボク、タヌキにあいた〜い、だまされた〜い！」

動物が化けて人をだます。そんな非現実的な話がまだこの世の中にあるのかと思うと、呆れるくらいおかしかった。

翌朝、俺はハローワークに向かうために電車に乗っていた。席に座ってこれからのことを考えていると、気が重くなる。俺の前にひとりの老人が立った。俺はとっさに目を閉じて、寝たふりをした。

駅について電車を降りると、改札まで人の波ができていた。その中を、地方から出てきたのだろう、ひとりの若者があたふたしながら歩いている。まるで十年前の俺だ。でも今の俺は、人とぶつかりながらも強引に進んでいく。でなきゃ生きていけないのだ。彼もいつかきっとそのことに気づくだろう。

ハローワークでは収穫なしだった。覚悟はしていたがやはり辛いものがある。明日には新しい求人が入る、そう信じてハローワーク通いは続いた。

そして十日目。俺はいつものように電車に揺られながら考えていた。どうせ今日も職は見つからない。資格もなく、取り柄もなく、おまけに笑わない男に現実はとてつもなく厳しいのだ。こういうときは……気分転換が必要だ。いつもの駅を乗り過ごし、今まで降りたことのない駅で降りてみよう。知らない町は新鮮だ。何か新しい気持ちになれるかもしれない。

そして降りた駅で、十日後にオープンするというメガネ屋を見つけた。募集の広告はないかとそっと中をのぞいてみた。すると、あの水原くんがいる。もう次のバイトを見つけたのか、と感心していると、奥からひとりの男がでてきた。社長だった。

晴美の仕事が遅番の日は、俺が夕食を作ることになっている。でも、とても作る気にはなれず、弁当を買って充と一緒に食べながら、今日、見た光景を思い出していた。

店は閉店ではなく、ただの移転だった。社長は六年働いた俺ではなく、俺が礼儀知らずだと思っていた大学生のアルバイトを選んだ。つまり、俺はクビだ。

憤《いきどお》りと悲しみで、思わずため息をつきそうになったとき、電話が鳴った。実家のとなりに住む親戚の玄《げん》じいからだった。となりといっても五十メートル離れている。親戚といっても誰のどういう関係かよくわからない。とにかく、八十歳だが、未だに大工仕事をしていて、足腰もしっかりしているが口もしっかりしている老人だ。そして、俺はこの頑固じいが苦手だ。

「家を空き家のまま放っとくとダメになるけえ。売らんかって不動産屋から話があったんだ」

今、実家には誰もいない。親父が五年前に、お袋がその翌年に、ふたりともガンで亡くなった。親父は病気が発覚してからあっという間だった。俺は亡くなる前に一度会いに帰っただけ。お袋はというと、心配をかけたくないからとガンになったことを隠していた。そして、亡くなる一週間前に「たまには帰ってきたら?」と電話口で笑い、俺が「そのうち帰るよ」と返事をした五日後、危篤。俺が慌てて帰ったときにはすでに意識はなく、翌日、静かに息を引きとった。今、故郷はあってないようなもの。最後に帰ったのは二年前、お袋の三回忌のときだった。

玄じいが「どうするんだ?」と受話器の向こうで訊ねた。今、家のことで悩んでいる時間はない。「考えておくよ」と言って電話を切ろうとした。そのとき、玄じいが不意に訊いた。

「仕事はどがあしとる? メガネ屋だったけえ」

なんでこんなときにそんなこと訊くんだよ、と思ったが文句を言う勇気もなく、「忙しくてね、新しい店舗もできたりして大変なんだよ。今も忙しいんだ。切るよ」と無愛想に言って電話を切った。そして思った。俺はいつからこんなに平気で嘘がつけるようになったんだろう。

その夜、仕事を終えて帰ってきた晴美に、一応話しておこうと思って、実家の売却話のことを話すと、「だったら帰ってきたら？」とさらっと言われてしまった。

「帰ってきたらって……俺、早く仕事を見つけないと今、無職だし……」

「仕事見つかるとまた帰れなくなるよ。今ならいつでも帰れるんだから」

その状況を苦に思っているのに、悪びれることなく妻は言ってのける。

「今、家がどんな状態か、一度確認しておいた方がいいと思うけどな」

妻のもっともな意見に俺は何も言えず、結局、翌日、充と一緒に島根に帰ることにした。

そして妻は、オーナーから休みがもらえたら、あとから追いかけることになった。


翌朝、充と一緒に新幹線とバスを乗り継いで故郷の町に入り、そこからレンタカーを借りて、山の中の家へと走った。春とはいえ、連なる山々はまだ茶色で殺風景。周りは田んぼや畑ばかりの寂しいところだ。でも充は、その見慣れない景色がうれしいらしく、「なんにもな～い」とはしゃいでいた。

二年ぶりに帰った家は雑草に囲まれて荒れていた。前に帰省したときは昔と何ら変わらぬ風景だったのに……。お袋の三回忌のとき、俺は、頼みもしないのに家の周りの手入れをする玄じいに、いらないことはしなくていいと言った。忙しい日々の中で、今もそうだが、自分の周りのしがらみを断ち切りたかった。どうでもいいもの、面倒なものには関わりたくなかった。

その結果がこのありさまだ。俺も変わってしまったが、家も変わってしまったか……。

二年間、閉ざされていた家の中に入ると空気がムワッとした。歩くと床はギィギィと沈み、柱が、いや、家全体が傾いているように見える。ぼろぼろ、おんぼろ。まるで今の俺だ。やれやれと窓を開けると、こもっていた空気が逃げて、家の中に新しい風が入ってきた。一瞬、俺の心が軽くなったような気がした。

軽く掃除をして、少しはきれいになった部屋で仏壇に手を合わせた。仕送りをすると言いながら一度もしなかった。生活に余裕ができたときには、ふたりともこの世にはいなかった。なあ、生きていたら、こんな息子になんて言った？　どんな顔をした？　写真の中の親父とお袋は笑ったままだ。そのとき、ふと、誰かに見られているような……そんな気がした。縁側の方を見た。充が田んぼを走り回っているのが見える。振り返って玄関を見た。誰もいない。縁側と反対方向の裏山の方を見た。やはり誰もいない。ということは……。俺は仏壇の両親の写真を見た。……親不孝だったからな……。俺は苦笑して、もう一度、仏壇に手を合わせた。

充は元気に田んぼ、といっても手入れがされていないから荒れ地になっているのだが、その中を走り回っていた。俺も子どもの頃、よく駆け回ったものだ。俺はその田んぼのそばにある、竹で作った太い物干し竿にカビ臭い布団を干して、家の周りを歩いた。変わってしまったと思っていたが、変わっていないものもあった。イチジクの木、親父が日曜大工で作った車庫、ひとまたぎで渡れる小川、そこを流れる山からの湧き水。そして広がる青空。それはやっぱり、うれしかった。ホッとすると同時に風が吹いた。またひとつ心が軽くなったような気がした。

この辺りは街灯がないので、太陽が沈むと本当に真っ暗になる。外で遊び回っていた充は、そうなってやっと家に戻ってきて、夕食の野菜入りラーメンができあがるのを待っていた。

「ボク、野菜少しでラーメンいっぱいがいい」

「ダメ。野菜をしっかり食べないと、ママに叱られるぞ」

そんなことを話しているときだった。まただ。誰かに見られているような……。調理台の前の窓から裏山を見たが、変わった様子はない。充は何も気にすることなく「お腹空いた〜」と歌うようにひとり言を言っている。やっぱり気のせいか……。

それからラーメンを食べて、お風呂に入り、疲れたので早く寝ようと和室に布団を敷いているときだった。充が突然声を上げた。

「パパ、あっちで何か光った！」

充は窓の向こうの裏山を指差している。

「光ったって、何が？」

「ほら、あそこ、見て！」

充の指差す方を見ると、たしかに二つの小さな点が暗闇の中で光っている。あれは、もしや、と思ったとき、その光が早いスピードで移動しはじめた。

「充、追いかけろ！」

「うん！」

俺と充と一緒に台所を抜け、勝手口から外へ出た。すると、

「タヌキだ！」

充が叫んだ。タヌキが座って俺たちを見ている。充は「パン、パン」と言いながら家に入ると、すぐに菓子パンを持って出てきた。その間、タヌキは俺をじっと見ていた。「おまえか？　俺を見ていたのは」と話しかけてみたが、もちろん、何も答えなかった。

タヌキは人間に慣れているのかまったく恐れることなくパンを食べると、山にスタスタと戻っていった。

そしてこの夜の充は、タヌキ、タヌキ、タヌキ、タヌキ……。タヌキの話ばかり。最後は大きなあくびをしながら、「明日も来るかなあ……」みたいなことをもごもご言って、やっと眠りについた。

翌日、充と一緒に買い物へ行こうと車に乗りかけたところに、仏頂面《ぶっちょうづら》の玄じいがやってきた。

「帰っとったんなら、なんで連絡せんかった」

不機嫌そのものだ。言えばあれこれうるさいと思って言わなかったのだが、言わなくてもう

るさいので、俺は「家のことなんだけど」と話題を変えて逃げることにした。

「このまま放っておいてもガタがくるだけだから、売ろうと思う」

玄じいは少し間をおいて、小さく「そうか」と言うと、充に「どっか行くんか?」と訊いた。

「あのね、昨日、タヌキが出たんだよ。だから、タヌキにあげるパンを買いに行くんだ」

「ああ、あのタヌキかな」

そう言うと玄じいは、両親が生前、夜になると山から下りてくるタヌキがいると言っていたと教えてくれた。ふたりはそのタヌキを話し相手にして、毎晩餌をやっていたらしい。

「たぶん、息子の愚痴でも言うとったんだろ」

玄じいはハハハと笑った。こういうことを平気で言う。だからこの頑固じじいが苦手なんだ。

そしてその夜、タヌキはまたやってきた。

「こうやってボクのパンを食べてくれるのは、おじいちゃんとおばあちゃんが、可愛がっていたからだよね」

充に「そうだな」と言いながら、ふたりはどんなことを喋ってたんだろう、と考えてみた。

やっぱり……玄じいの言った通り、俺の愚痴だな、と思った。

次の日、店のオーナーから休みをもらって、晴美がやってきた。

「いいなあ、わたし、こういう田舎で野菜を作って、おもてなし、したいんだよね」

晴美はいつも、料理は食材で決まり、その食材は土で決まると言っている。

「ママ、すごいんだよ！　タヌキが出たんだよ、タヌキ！」

ママが来たらタヌキのことを教えてあげるんだ、と言っていた充は、母親の姿を見つけるとすぐさま、身振り手振りを交えてタヌキの話をはじめた。晴美も「すごい！　楽しみ〜」と両手を叩いて喜んでいる。そんなふたりを「なんだよ、タヌキぐらいで」と笑って見ながら、実は俺も楽しみにしていた。

田舎の台所は都会のそれに比べるとかなり広い。この家の台所も見た目はさえないが悠々と使える広さで、晴美は初めてこの家に来たときから羨ましがっていた。そして今、その台所で作っているのは得意料理のふわふわオムライス。なぜか五人分。

「おすそわけって一度してみたかったの。都会じゃなかなかできないでしょ？　充、行くよ」

「は〜い」

そう言ってふたりが向かったのは玄じいの家。そして帰りには玄じいの畑でとれた大根やほうれん草などをもらって帰ってきた。

食事を終えて布団を敷き始めたころ、あのタヌキはやってきた。晴美は充に負けないくらい喜んでいる。充はタヌキに「ぽんた」という名前までつけて、パンをやっていた。

「ねえ、パパ、さっきテレビで今日は満月だって言ってたよ。ぽんた、化けるかなあ」

空を見上げると、一面のくもり空で月の出るすきもない。

「今日は無理だろうなあ」

「あー、悔しいなあ」

残念がる充の前でタヌキは、黙々とパンを食べていた。

この夜は、充を間にはさみ、川の字になって寝ることにした。晴美と充は横になってからも、しばらくはタヌキの話で盛り上がっていたが、そのうち、すとんと静かになり、やがて寝息をたてた。俺は薄暗い中でひとり布団に座ってビールを飲んでいた。飲んでは横になるのだが、なかなか眠れなくて、とうとう三本目のビールを持って勝手口から外に出た。

空一面に広がっていた雲はどこへ行ったのか、きれいになくなり、満月が顔を出している。月の光ってこんなに明るかったかな……。うん、明るかったな……明るかった……。ビールを飲みながら昔の記憶をたどり寄せてひとりでうなずき、これまた昔したように田んぼの畦《あぜ》を歩いた。

仕事のことは、こっちに帰ってきてからもずっと頭の隅にあった。でも、イライラした気持ちは消えていた。鈍感になってしまったかな……。思わず笑ってビールをまたひと口飲んだ。

いい月夜だ。風も吹いてきた。心が軽くなる……。ふと思った。家は時々、風を通さないとダメになるというが、人間もそうなのかもしれない。忙しい日々の中で俺は、風を通す余裕もなくなり、閉め切った心の中で生きていたのかもしれない。心は乾き、大事なものを置き去りにして、笑っているつもりで笑っていなかったのかもしれない。大きくため息をついて、最後のひと口を飲み、家に戻ろうと裏口に回ったところで俺の足はとまった。

「何してるんだ？　おまえ」

タヌキがいた。俺をじっと見ている。こっちに帰ってきたときに感じた視線はやっぱりこいつだったんだ。

「待ってても何も出てこないぞ」

空になった缶ビールを逆さにして見せたが、それでもタヌキはじっと俺を見ている。親父に似ていると思っているのだろうか。お袋に似ていると思っているのだろうか。それとも、こいつが親不孝者の息子か、と思っているのだろうか……。

俺はタヌキの前にあぐらをかいた。そして背中を丸め、すがるようにタヌキを見た。

「おまえ、親父とお袋と仲がよかったんだって？」

タヌキは俺の話を聞いているかのように、じっとしている。

「なあ、俺がいなくなってからのふたりは幸せだったかなあ。俺……ありがとうも言えんかった。自分のことに必死で何もしてやれんかった。いつか仕送りするけえ、いつかゆっくり帰るけえ、いつか親孝行するけえ。いつか、いつか、いつか、いつか。いつかばっかり言うとった。

でも……もう、いつかは、なくなってしもうた……。永遠にずっとずっとないんだ……なくなってしもうた……」

涙が出る……。こんな乾き切った男でも、涙が出る……。

「俺……もうダメなんだよ。冷たい男になってしもうたし、嘘も平気でつくようになってしもうたし、悪口も言うようになってしもうたし……だけえ、仕事もうまいこといかんし……」

そのとき、風が吹いて、どこからか声が聞こえてきた。

「公平」

俺を呼んでいる。玄関の方からだ。聞き覚えのある声……。行ってみると、玄関の前で親父が草を抜いていた。

「親父……」

「公平、おまえも抜きんさい」

俺は「うん」と言って親父の横に座り、一緒に草を抜いた。機嫌が悪くなると文句を言う俺を、親父はよくこうして誘った。……そうだ、思い出した。こうやって一緒に草を抜いているときに親父が言ったことがある。草を抜くときは、自分の中の雑念も一緒に抜くのだと。そうすれば、ざわついている心が落ち着くのだと。

俺はしばらく、親父と一緒に抜いた。

「親父」

「何だ?」

「仕送りせんで、ごめん」

「そがあなもん、いらんけえ。おまえが幸せならそれでいいけえ」

「親父……ありがとう」

親父は草を抜きながら笑った。そして、風が吹いた。心がまたひとつ、軽くなった。

ふと横を見ると、親父の姿がない。捜して歩いていると、風が吹いて、どこからかまた声が聞こえてきた。

「公平」

今度は小川からだ。聞き覚えのある声……。行ってみると、小川でお袋が大根を洗っていた。

「お袋……」

「公平、手伝ってや」

俺は「うん」と言ってお袋の横に座り、一緒に大根を洗った。何をしても途中で物事を放り出す俺を、お袋はよくこうして誘った。……そうだ、思い出した。こうやって一緒に洗っているときにお袋が言ったことがある。流水は腐らずといって、水はちょっとずつでも流れていれば腐らない。おまえもちょっとずつでもがんばっていれば、いつかどこかにつながるのだと。

俺はしばらく、お袋と一緒に洗った。

「お袋」

「何？」

「親孝行、何もできんで、ごめん」

「そがあなことないで。公平が幸せなら、それが親孝行だけえ」

「お袋……ありがとう」

お袋は大根を洗いながら笑った。そしてまた風が吹いた。心がまたひとつ、軽くなった。

ふと横を見ると、お袋の姿がない。捜して歩いていると、「おい」と呼び止められた。振り向くと、俺がいた。いや、違う、俺じゃない。いや、でも俺だ。若い、十年前の俺だ。でも、似ているだけで違うような気もする……いや、でも俺だ。

若い俺は宣言するように言った。

「俺、都会で揉まれて強うなって一人前になって、ほいで、胸張って帰ってくるけえ」

俺はハッと息をのんだ。

「そう言ったよな、ここを出るとき」

そうだ。俺は東京へ行くとき、そう言って家を出た。

「俺、希望を胸にここを出たんだぞ。すごい決意で、負けるもんかってこの家を出たんだぞ」

そうだ、そうだった……。

「親父もお袋も、応援しとったんだぞ。東京に行っても勤まらんで、すぐに帰ってくると思うとったが、ずっと向こうでがんばっとる。うれしいけえ、よかったけえ。親父もお袋もそう言って喜んどったんだぞ。それなのに、言うなよ、ダメだなんて。ふたりが応援しとるのに、がんばれよ」

そうだよな……そうだよ、そうだよ。俺は何度もうなずいた。若い俺が笑った。

「親父もお袋も、いっつも笑って暮らしとったで。だけえ、おまえも笑っとんさい」

若い俺は俺の肩に手を置いた。そのとき、「パパ」と声がして、勝手口から晴美が顔を出した。

「ここにいたんだ。何してんの?」

「え……?」

俺は晴美に向けていた視線を戻した。さっきまで目の前にいた若い俺はいなくなっていた。山の方を見ると、タヌキが走っていくのが見えた。

空にはまんまるの月が光り、優しい風が吹いていた。

翌日、俺は家の周りの草を抜き、小川で野菜を洗った。そして、玄じいの家に行って家の鍵を渡し、俺が東京にいる間、月に一度、草を抜いたり、家に風を通したりして、家の面倒をみてほしいと頼んだ。玄じいは「仕方ない」と素っ気なく言った。お金を払うからと言うと、「仕事でするんじゃない！」と睨んだ。横にいた奥さんが「本当は頼られて嬉しいんよ」と笑うと、「うるさい！」と怒鳴った。こうやってすぐに怒るから苦手なんだ、と思いながらも素直に「ありがとう」と言えた。

その夜もタヌキはやってきた。いつものように餌を食べると、さっさと山に戻っていった。その姿は、とても化けるようには思えなかった。

「鍵のかけ忘れない？」

玄関の鍵をかけたところで、晴美に訊かれ、一ヶ所かけ忘れていたのを思い出して、俺は勝手口に向かった。確認すると、やはり忘れている。気づいてよかった、と鍵をかけて戻ろうとしたとき、またあの視線を感じた。振り返ると、タヌキが座っていた。じっと俺を見ている。

おい、あれはおまえだったのか？　それとも、酔っ払った俺の幻想だったのか？　あるいは、心配した親父とお袋が……。やめた。そんなこと考えてもわかりっこない。

「東京に帰るけえ。色々ありがとな。戻ってくるけえ、それまで元気でおってえや。また会おうで」

俺が握手をしようと手を出すと、タヌキは餌がないのでがっかりしたかのように立ち上がり、山へと去っていった。

「さあ、東京に向かって出発だ」

車を走らせると、後部座席の充が遠くなっていく家を見て、「ぽんた、またね～」と手を振っていた。ふと見ると、道路から数十メートル入ったところにある玄じいの家の前に、手を振るふたつの姿がある。晴美と充が手を振り返した。俺も窓を開けて、ちょっと照れ気味に手を振った。

風が吹いた。山を見ると、茶色の中に山桜の優しい薄ピンクが見える。こっちに帰ってくるときにはまだ咲いてなかったのに……。いや、あのときはただ、見えていなかっただけなのかもしれない。今は見える。優しい色が……優しい風が……。

あぁタバコが吸いたい。

もう十五年も前に禁煙したというのに、さっきから私の頭の中はその思いに支配されている。タバコがあれば、目の前で喋り続けるこの男の顔に煙を吹きかけてやれるのに。人事部の寺田課長。さっき自己紹介しあったばかりの人。もちろんこの人を恨むのはお門違いなんだとはわかっている。彼にとってはこれも仕事の一環で、会社から命じられて動いているだけなんだとも頭では理解している。けれど、私から仕事を取り上げようなんて、そんなのあんまりですよ、課長。

現実逃避とは知りつつも、これ以上話を聞きたくなくって頭の中で妄想を始めてみる。妄想の中の私は、タバコをくゆらし、煙を寺田課長の顔いっぱいに吹きかけて「ふざけたこと言わないでください！」と啖呵を切って荒々しくこの部屋を出ていった。

けれど……実際はそんなことができるわけもなく、現実の私はただ黙って寺田課長の話を聞いている。

新しい部署への異動？　そこでまた違う一面を見せてほしい？

素知らぬ顔してよく言えるものだ。そこがどんな部署なのか、この会社の人間で知らない人はいないっていうのに。私が異動を勧められた部署は、「能力開発部」。それは新部署とは名ばかりの、いわゆる追い出し部屋だった。

退職勧奨――。

四十五歳の誕生日に、十五年勤めた会社がプレゼントしてくれたものは、あまりにもうれしくない代物だった。


屋上に上がったのは久しぶりだった。

昔はよくここでランチをしたな、同世代の女子たちと一緒に。近くの美味しいパン屋さんで買ったパンを分け合ったり、ときには手作りのお弁当のおかずの交換会をしたり。

屋上をぐるりと見回して、そんなことを思い出す。さすがに自称でももう女子とは言いづらくなった今、ランチ友達だった子たちはみんな会社からいなくなった。昼食は社員食堂でさっさと食べ、残りの時間はデスクに戻って仕事を続ける生活をいったいどれくらい続けてきたのだろう？

けれどそんな生活に不満はなかった。だって私は何より仕事が大好きで、そんな風に思える仕事を持てた自分の人生に満足していたのだ。つい十五分前までは。

従業員五百人の通信販売会社。三十歳になった年に、それまで勤めていた文房具メーカーから転職した。文房具メーカーで入社以来商品企画を担当していた実績を評価されて、この会社では雑貨の商品開発部に配属された。

自分で言うのもなんだけど、仕事はけっこうできる方だと思う。部始まって以来と言われる売上を記録したキッチン雑貨を開発した実績もあるし、難攻不落といわれる某アニメキャラクターの制作会社を口説き落として、コラボ商品を発売したこともある。ここ何年かはヒットといわれる商品を発売できていないのは事実だ。けれど、この不況だ。私以外の社員も、似たりよったりの状況が続いていたはずなのだ。なのに、なぜ私が……。

追い出し部屋への異動を受けるべきか否か。それを考えると知らず知らずのうちに大きなため息が出た。

「また、ため息」

急に後ろから声をかけられて、ビクンとなる。振り向くと、そこには野口さんが立っていた。

「やだ、びっくりした」

「驚かせちゃった？　ごめんね。でもほら、狩野谷《かりのや》さん、さっきから何度も、ため息」

「そんなに？」

「ため息つくと、幸せが逃げるって言うでしょ？　だからこれ以上続かないうちに、声かけようと思って」

幸せか……。もう逃げていっちゃったのかも。商品企画っていう仕事が何より大好きな私から、仕事が取り上げられてしまったんだから。

「初めてじゃないかしらねぇ、狩野谷さんと食堂以外の場所で会うの」

野口さんは社員食堂で働いていて、うちの会社で知らない人はいない食堂の名物おばさんだ。築五十年以上経つ古いビルの最上階にある食堂は、最近はやりのシステマティックなタイプではなく、昔からある街のご飯屋さんみたいな家庭的な雰囲気といえばいいだろうか。中でも野口さんは、社員の名前はもちろん、個人の好き嫌いまで知り尽くしていることで有名だった。

食堂が小さいためうちの会社の昼休みは十二時から一時間と、一時から一時間の二交替制となっている。より人の少ない一時からの昼休みを選んでいる私は、野口さんとたびたび世間話をすることがあった。親しく話すようになったきっかけは……カレーそばだ。

小さな頃からなぜかうどんが苦手で、カレーうどんが食卓に上る日には必ず私だけカレーそばに変えてもらっていた。もちろんそれがとってもマイナーな嗜好であることはわかっていたので、決して外では食べないようにしていたんだけれど……。ある日、顔見知りになり「狩野谷さん、お疲れさま」と言ってくれる野口さんの笑顔につられて、つい注文してしまったのだった。「カレーうどんのうどんを、そばに変更できますか？」と。野口さんは「へぇ珍しい」とちょっと笑ったあと「もちろんできますよ」と言って、カレーそばを作ってくれた。その日から、私が食券でカレーうどんを差し出すと、野口さんは何も言わずにそばに変更してくれるようになったのだ。

混んでいないときには、他愛ない会話をした。どんなドラマが好きか。今お気に入りのイケメン俳優は誰か。もっとも話題を提供してくれるのは、いつも野口さんのほうだったけれど。「野口さんの明るい笑顔を見ていると、仕事でのストレスも少しまぎれるような気がする」と他の社員もよく話していたっけ。

「どうしたの？　こんな時間に？」

野口さんが顔を覗きこんで来る。

「仕事、行き詰っちゃったとか？」

行き詰るもなにも……近いうちに仕事そのものさえなくなってしまうかもしれない。そう考えると突然なにもかも嫌になった。どうせ家に帰っても一人で話す相手もいない。まして社内でさっきのことを相談して、憐れむような目で見られるのは絶対にごめんだ。でも野口さんになら……今自分が置かれている状況を素直に話せそうな気がした。

「野口さん。私ね、退職勧奨にあっちゃいました」

「退職勧奨って？」

「退職してもらえませんか？　ってやんわりとすすめられることです」

野口さんの口が何か言いたげに少し開いたが、続ける言葉が見当たらなかったようだ。口を閉じうつむいてしまった。

「追い出し部屋って陰で呼ばれている部署に異動してくれって、さっき。そう言われた人たちがいるって話はもちろん知ってましたけど、実際自分にくると……やっぱりけっこうきついです」

「狩野谷さんみたいに真面目な人を、なにも……」

「うちの会社じゃ、企画に関わる人間は四十歳でお払い箱って話があるんです。実際、契約社員の人は四十歳になる前にみんな辞めちゃいますしね」

「それはいったいどんなワケで？」

「感性が古くなるからとか、鈍《にぶ》るからとか、そういった理由じゃないでしょうかね？」

野口さんは少し考え込む。

「でも、うちの会社は主婦をターゲットにしているんでしょう？　主婦にはもちろん四十歳以上の人もいるっていうのに、変な話ね。その年代のことは、その年代じゃないとわからないってところがあるのに」

正論だ。企画の仕事は若いからいいってものじゃない。でも古い社屋同様、社風にも古い体質と考えが染みついているこの会社じゃ、四十歳を超えた女子社員はいらないと考えるのは当たり前なのかもしれない。

人生は正論だけでは進まない――。

哀しいけれど、そんなこと私はもう充分知っている。

三月の屋上に吹く風はまだかなり冷たい。私は六階建てのビルの屋上から下を見下ろした。

大勢の人々が忙しそうに行きかっている。

「おかしいんですよ。人事部の人から話聞かされてたとき、急にタバコが吸いたくなっちゃって。人ってあまりにびっくりすると、突飛なこと考えるもんですね。もう十五年も前に禁煙したのに」

「ねえ、ちょっとだけ待ってて。ね。すぐ戻るから、ホントすぐだから」

野口さんは言うと、私の返事を聞かずに走っていってしまった。

別にいいか。私はすっかりデスクに戻る気力をなくしていた。今のこのサボリがさらに状態を悪くするのかもしれない。けれどかまわない。どっちにしろ私に待っているのは追い出し部屋か、そこには行かず自ら退職するかなのだ。今さら評価なんて気にする必要もない。

私はまた下を見た。二十代らしき女性が二人、楽しそうに喋りながら歩いているのが見える。私にもあんなときがあったな。

けれど、今この年で独身というのは、友人関係の中では私ぐらいだった。仕事がおもしろくて夢中になりすぎて、友人関係をなおざりにしていたせいもあるだろう。いつの間にか愚痴を聞いてもらえるような友達もいなくなってしまった。

「なんだ、仕事以外、私にはなにもないんじゃない」

わかってはいたけれど、そう口に出してみると胸が詰まった。

おまえの人生は失敗だったと、誰かから突き付けられているように思えてしまう。

大学を卒業して働き始めてから二十三年。私が人生で築きあげたものなんて、何もなかったのかもしれない。

ぼんやり考えを巡らせていると、急に目の前に鮮やかな水色をした物体が現れた。アイスバー。この色から想像すると、たぶんソーダ味の。

ニコニコとした顔でアイスバーを二本持った野口さんが、一本を私に差し出していた。

「タバコにしようかとも思ったんだけどね。でもこんな時にはやっぱり甘いものよ。これ、食堂の冷凍庫に私がキープしてる大好物。さ、食べて。どうぞ」

勢いに押されてつい受け取ってしまった。ソーダ味なんて口にするのは何年ぶりだろうか。

一口かじってみる。

「うっ……」

冷たさが前歯にしみる。でも甘さがスーっと喉を通っていくと、不思議と私の心は少し落ち着いた。その分、弱音が口からこぼれ落ちてしまう。

「私ね、四十五歳になったんです」

野口さんは黙って空を見上げながらアイスバーをかじっている。

「知らないうちに、人生の折り返し地点さえ過ぎちゃって。そりゃわかってはいたんですよ、キラキラふわふわ生きられる時代は終わったってことぐらい。わかってはいたけど、あと残りの約三十年はつらくて苦しいことだけなんだろうなって想像したら……なんていうか、生きてく気持ちも萎えるっていうか、ね。これからの人生は、その……消化試合だと思って、色んなことあきらめて過ごすしかないんでしょうか」

一気に言ってしまった後、自分の発言のあまりの暗さにとまどった。誤魔化すようにアイスバーをもう一口かじってみる。

シャリシャリと速いスピードでアイスバーをかじっていた野口さんが、突然口を離した。

「あのね。こういうのどうかしら？　今は神様が調整中なんだって思うの」

「え？」

「狩野谷さんが真面目な頑張り屋さんだってことは、私よく知ってるのよ」

「野口さん、私の仕事ぶりを？」

「食堂のおばちゃんっていうのは、案外社内の情報ツウなものよ」

いたずらっぽい眼をして野口さんが笑う。

「この会社でずーっと頑張ってきた狩野谷さんに、神様が新しいチャンスを考えているのよ。でね、今、狩野谷さんの新しい生き方を調整してくれてるの」

「神様、ですか」

「ま、もっとも私、無宗教なんだけどね」

野口さんが笑うから、私もつられて笑顔になってしまう。

「神様でも仏様でも、天使さんでもなんでもいいのよ。この空の上には、いつも私たちを見守ってくれている大きな存在がある――そう考えると、なんだか安心できる気がしない？」

野口さんの言葉にすぐには何も答えられなかった。

「だから、前を向いて。ね、狩野谷さん。下ばかり向いてちゃダメ」

神様か……。ホントにいるんだろうか。いるんなら聞いてみたい。このピンチはチャンスなの？この状況は新しい人生のための調整期間なんですか？　って。

アイスバーを食べ終わると、一気に寒さが押し寄せてきた。隣を見ると、野口さんも自分の腕をさすっている。

「三月といっても、さすがにまだ外でアイス食べるのは早すぎたかしらね、寒いっ」

カチカチと歯の根があわないその様子を見て、思わず声に出して笑ってしまった。お互いの腕に鳥肌が立っているのを指さしあって、また笑う。この状況でも、笑える余裕が自分にまだあることが嬉しい。笑わせてくれた野口さんに心の中で感謝した。


結局私はプライドを取った。追い出し部屋にはいかず、自ら退職する道を選んだのだ。幸い多少の蓄えもある。一家を支える大黒柱ならこう簡単にはいかず、追い出し部屋に行ってまでも会社にしがみつくしか方法はなかったのかもしれない。でも、独身の私はとりあえず自分のことだけを考えればよかった。

会社を辞めて、あらためて自分の趣味のなさを思い知る。かろうじて読書くらいか。一緒に行ける友人が見当たらなくなってから、映画館にも行ってなかった。

神様が調整中――。

野口さんの言葉を思い出す。もし今が本当に新しい人生のための調整期間なのだとしたら。この何年かやっていなかったこと、やれなかったことにチャレンジしてみるのも悪くないかもしれない。せっかくの調整期間なんだもの、次の人生にふさわしい自分を作ってみるなんてどうだろう。

私は手始めに一人で映画館に行ってみることにして、クローゼットを開けて愕然とした。あらためて自分のワードローブを眺めてみると、当然のことだけどどれもあまりに会社仕様だった。黒、グレー、紺と見事なまでの無彩色のオンパレード。しかも、どれも平日の昼間に映画をふらりと見に来ました、というイメージからは程遠い堅い空気を醸《かも》し出している。それ以外は、かなり昔のくたびれた普段着しかない。休日の過ごし方といえば、ほぼ近くの商店街かスーパーに行くことしかなかったので、これですんでいたのだ。

前の会社には資料としてあらゆる女性誌が揃えられていた。週刊誌やファッション雑誌もあったから、職業柄常に一通りは目にしていた。だから最近の四十代がそれなりにファッションに手抜きをしていないことは知識としては知っている。知っているからこそ、今自分のクローゼットとのギャップにショックを受けているのだ。でもまぁ仕方がない。もともと私はファッションやメークにはほとんど興味がなく、考えることといえばキッチン雑貨や収納用品のことばかりだったのだから。

……けれどそういう自分とはもうサヨウナラしてみることにしよう。

求職中の身にお金がいかに大切かはわかっている。でも、この際だから、少しくらいのリフレッシュも必要だろう。私は映画をやめにして、デパートめぐりをすることにした。

新しい服を買おう。靴も。それからカウンターに行って化粧品も。メークボックスの中にあるいつ買ったのかも思い出せない古いアイシャドウや口紅は捨ててしまうことに決めた。

あぁそうだ！　チークを買おう。これまで何度かトライしたけれど、どうしても上手に塗ることができなくって、結局使うことをあきらめていた。雑誌で見たから、塗る場所は知っている。ニコッと笑顔を作ったときに、一番高くなる頬のあたりにふんわりと。確か笑顔ポイントっていったっけ？

チークを買ったら、鏡の前で笑顔を作って毎朝塗る。そうすれば少なくとも一日一回は笑った顔の自分を見ることができる——。

そんなことをしているうちに、段々と次の新しい人生が開けるのを楽しみにできるようになっていった。


「採用？　採用ですか？」

梅雨明けももう近いと思えるようになった頃、私はある企業から採用の電話を受けた。

前の会社をやめてから四ヶ月。当然ながら四十五歳での再就職は厳しかった。ハローワークからの紹介に頼るだけでなく、積極的に自分でも職探しに駆けまわった。まったく畑違いの職業に就くことも考えたけれど、やはり第一希望はこれまでの経験をいかして商品企画の仕事に就きたいと考えていた。最初は派遣という形でも、後に正社員登用の道が開けそうなものにも積極的に応募した。心が折れそうで途中から数えるのはやめにしたけれど、四ヶ月で二十社以上には振られただろうか。この年齢で応募してきたことに対して遠回しに嫌味を言われたこともあったし、親切ぶった顔で「就活より婚活をされたほうが？」と言われたこともある。悔しさと情けなさで押しつぶされそうになってきた。

でもそのたびに「神様、まだ調整中なんですよね」とつぶやき、ひたすら前へと進んだ。

履歴書と職務経歴書を書くのにかなり疲れはじめたある日、採用の電話を受け取ったのだ。そこは健康食品を扱う、前の会社よりかなり小規模な会社だった。

社長は女性で、六十代だとは聞いていたけれど、とてもツヤツヤとした肌で若々しく、そしてテキパキと話す人だった。

「今は健康食品がメインなんだけど、これからは四十代、五十代に向けた美容サプリメントなんかも考えていきたいの。あなたにはその販売促進全般をお任せしたいと思っています。できれば商品コピーなんかも考えていただきたいなぁ。ああいうの、制作会社とかにお任せすると高いでしょ？　うちは大きな会社じゃないから、できるだけ経費削減で、ね」

これまでも自分の開発した商品のキャッチコピーやカタログ用のコピーは自分で書いてきた

から、あまり大きなとまどいはなかった。むしろ四十五歳という年齢の私にも、新しいことを任せてもらえることが嬉しくって仕方がない。

「あの、面接にはたくさんの人がいらしてたのに、どうして私を？」

初出社の夜に開かれた私のための歓迎会の席で、社長に聞いてみた。

「狩野谷さんは、いい感じで頑張っているなぁと思ってね」

「いい感じで、ですか？」

「四十代って難しいわよね。まだまだ女性らしさを捨てるわけにはいかないし、かといって頑張りすぎると怖いし」

社長は笑いながらビールのジョッキを持ち上げ、グビグビと喉を鳴らしておいしそうに飲んだ。

「あなたはちょうどいい感じだったの。年相応に落ち着いてるけど、しっかり見た目もかまっている。美容サプリメントをお任せする人なんだから、あまりそういうことに興味なさそうな人もちょっとね。もちろんこれまでやってきた仕事の実績は申し分なかったし」

前の会社にいた頃の自分を思い返す。メークにもファッションにも興味を失っていて、自分を彩る余裕なんてなかった私。そうか。あのまんまじゃ、きっと今のこの瞬間は訪れてなかったってことなんだ。

野口さんのおかげだ。退職勧奨を受けて、途方にくれていた私を新しい道に導いてくれたのは野口さんだ。先の見えない求職活動中も「今は神様が調整中だから。もうすぐ調整が終わって、きっといいことがあるはず」と信じて乗り切ってきた。

そうだ、野口さんに会おう。会って「あなたのおかげで新しい人生をスタートできました」って報告したい。野口さんの連絡先を聞いていなかったのが悔やまれたけど、前の会社の後輩の話をふいに思い出した。「俺、野口さんとおんなじマンションなんです」。こないだまでの私なら前の会社に連絡を入れることはためらっただろう。でも今は違う。私はもう新しいスタートをきっているのだ。誰にも何も恥じることなんてない。次の日の朝、私は前の会社に電話を入れた。

「私、野口さんに会いたいの。田所君、確か同じマンションだって言ってたよね？　よかったら住所を教えてほしいんだけど」

商品企画部の後輩に挨拶もそこそこに単刀直入に切り出した。受話器の向こうで一瞬息をのむ気配がする。私からの突然の電話に困惑しているんだろうな。そう思っていたら想像とはまったく違う言葉が聞こえた。

「あの……野口さん、亡くなったんですよ」

何を言っているのかと思う。あぁそうか、食堂の野口さんだとはっきり言わなかったからか。誰かと勘違いしてしまったんだろう。

「あ、野口さんってね。上の食堂のだよ。ほら、みんなの食べ物の好き嫌いまで覚えてくれてる、あの野口さん」

「ええ、わかってます。僕が話してるのもその野口さんのことです」

なんて言って電話を切ったのかもよく覚えていない。だって、そんなこと考えてもみなかった。野口さんと屋上で喋ったのは四ヶ月前のことだ。たった四ヶ月前。

あのとき、あんなにニコニコしていた人が、亡くなったっていうの？　世界中のどこを探しても、もうその姿がないっていうの？

つまり……私は二度と野口さんとおしゃべりできないってことなんだろうか。つらい時期を乗り越える魔法の言葉をくれたのに、そのお礼を言うことさえかなわない――。

「神様が調整中」

口に出してみる。この四ヶ月、何度もつぶやいた言葉。再就職活動に疲れ切って「わぁーっ」と叫びだしたくなったときは、代わりにこの言葉をまるでおまじないのように何度も繰り返しつぶやいてきた。不思議とそれで心が強くなれたのだ。けれど……。

野口さん、残念ながら今は魔法の言葉も効き目がないみたいです。とっておきの言葉だったけれど、あなたの不在を埋めてはくれない。

会社帰りの道を歩きながら、私はただただ涙を流していた。通り過ぎる人が驚いた顔でこっちを見ている。好奇の目で見ている人もいるだろう。けれど、そんなことどうでもいい。おかしな人だと思われたっていい。今の私には流れる涙を拭う気力はなかった。

野口さんのマンションの近くのコンビニで、あの日食べたのと同じアイスバーを大量に購入した。もちろん鮮やかな水色をしたソーダ味だ。

それを仏壇の前に供え、手を合わせる。野口さんの写真。食堂でずっと見てきた、あの優しい笑顔だった。

野口さん。私、再就職できました。前よりは小さな会社だけど、私の実績を評価してくれているし、その年齢だからこそわかることがある、と言ってくれる会社なんです。あの日、新しい人生を選択して心から良かったと思っています……。

「まぁ、そのアイス」

振り返ると、野口さんの娘さんがお盆を持って立っていた。

「母の大好物。ご存じだったんですか？」

「ええ。これ、私にとっても思い出の味なんです」

そう言って、春というにはまだ寒かった屋上での出来事を娘さんに聞いてもらった。途中、アイスバーをシャリシャリとすごい勢いで食べる野口さんの様子が目に浮かんで涙ぐみそうになったけれど、なんとかこらえた。

野口さんは私が退職したすぐ後に体調を崩し、病院に行くと末期の肝臓ガンであることがわかったそうだ。そのまま入院したものの、二度と家に戻ることはかなわなかったという。

「失礼ですけど、狩野谷さんの字って、どんなふうにお書きになります?」

「字、ですか? 狩は狩りをするの狩りで、野原の野に谷です」

「あぁやっぱり」

娘さんは棚の一番上の引き出しを開けて何かを取り出し、私の前に置く。それは町でよく見かける無料の求人誌だった。

「これは?」

「どうぞ、中をご覧になってください」

言われて、ページを開く。何ヶ所か、ページの上の端が折られている。私はそのページを開いた。いくつか並んだ求人の一つに赤ペンで丸印が施されていた。見ると菓子会社の求人だった。職種は商品企画。そして手書きで「狩野谷さんに」と書かれている。

求人誌は何冊かあった。赤い丸印がされているものは、何らかの業種の商品企画の求人ばかりだった。これはもしかして、私のために……?

さらにページをめくっていく。緑の丸印がある。職種は営業だった。そして丸印の横には鳴沢さん、と。青い丸印で、職種は経理。小原さんにと書かれているものもある。この人たちの名前には聞き覚えがある。確か私と同時期に退職勧奨にあった人たちのはずだ。

「入院したので、会社は退職させてもらったんですけど、母は退院したらまたすぐに働くつもりで。『神様は、今私の人生を調整してくれてるのよ』なんて言ってね。求人誌を取ってきてくれって言うんですよ。最初は自分の求人を探していたんでしょうけど、いつのまにか勝手に他人様の分まで……。ホント、いやになっちゃうくらいおせっかいな人です」

娘さんは恥ずかしそうに笑う。

言葉が何も出てこなかった。自分の体調が悪いというのに、私や他の部署の人にまで新しい仕事を探してくれていた野口さん――。

「私、就職が決まったんです。それを野口さんに聞いていただきたくて。もっと早くにいい報告ができたらよかったのにって、今は残念でたまりません。自分の気持ち次第で人生は変えられる――そう野口さんは教えてくださいました」

降り出した雨の音が、部屋を包む。雨の音ってこんなにも哀しく聞こえるものだったろうか。

「いいえ、こうやって報告に来ていただけて、母もきっと喜んでいるはずです」

娘さんは仏壇にむかい、野口さんに手を合わせ「一緒に食べようね」と言った。そしてアイスバーを二本持って、私の向かいに戻ってきた。

「良かったら狩野谷さんも一緒に」

差し出されたアイスバーは、少しやわらかくなっていた。セロファンをはがして、その先をちょっと舐めてみる。ソーダの懐かしい甘さが口に拡がる。あの日と同じ味だけど、いつのまにかもう寒すぎて身震いすることもなくなっていた。

野口さん、アイスを食べるのにちょうどいい季節がやってきましたよ。

そう心の中でつぶやいて、前歯にしみるのを覚悟で大きくかじりついた。

ヒッティングマーチ

「なんだこりゃぁぁあっ!!」

　思わず大声を出してしまった。木曜日の昼下がり。

　四月にしては珍しく暑い日だったから、息子の半そでシャツを出してやろうと、東山哲司《ひがしやまてつじ》は押入れの衣装ケースを開けた。すると、見慣れない黒いTシャツを見つけたので、手に取り広げてみると、哲司が大嫌いな金満球団・ビッグジャガーズのユニフォームTシャツだったのだ。その下にはBJとロゴの入った球団帽子まで置いてあった。

　な、なんでこんなものがここにあるんだ！　この大きさは子供サイズ……。哲司は隣でマンガを読んでいた小学四年生の息子に視線を向ける。

「ぼ、ぼく、ユウタくんちに遊びに行ってくるっ！」

　すでに火急の事態を察知していた息子の亮《りょう》は、バネのように立ち上がると、脱兎《だっと》のごとく外に飛び出した。

やっぱりお前のなのか？　どういう事だっ!?　哲司は息子を追いかけて問い質したかったが、あいにく時間がなかった。新たにレギュラーになった選手のヒッティングマーチが完成したので、練習のため、これから川原に集合しないといけないのだ。

哲司は部屋の隅に置いてあるトランペットのケースを引っつかむと、立ち上がった。動揺していたせいか、鴨居に額をぶつけそうになり慌てて首を竦《すく》める。祖父が建てた築五十年になる我が家は、古い上に天井が低く、大柄な哲司には窮屈だ。軋む階段を下り、廊下から店舗を覗くと、厨房の向こうに母の東山妙子《たえこ》が背を向け座っていた。白髪の混じる髪を後ろに束ねた妙子は、暇な店番で寝ているのか、置物のように動かない。しかし哲司が「行ってくるっ」と声をかけると、むこうを向いたまま、片手をヒラヒラとさせた。

哲司はプロ野球球団・湘南ウイングスの熱狂的なファンだった。物心ついたときからこの地元球団のファンになり、高校生からは球団の応援団に入り、トランペットの練習を始め、今ではホーム球場と関東で行われる試合では必ずトランペットを吹いている。キャリア十五年のベテラン応援団員である。

川原での新曲の練習を終えた哲司は、応援団の仲間たちと、おのおの車や自転車で球場へ向かった。

湘南ウイングスのホーム球場は、三万人も入れば満員になる小ぶりな野外球場だ。天候が崩れると試合の心配をしなければいけないが、変わりゆく夕景を眺めながらの応援は開放感があって気持ちいい。ウイングスはここ数年、最下位が定位置で、人気はイマイチなので、今日も外野席は三分の一も埋まっていなかった。

「どうした哲っちゃん、元気ないね？　まだ試合始まってないのにもう負けたって顔をして」

試合を前にして浮かない顔の哲司に、長嶺《ながみね》が声をかけてきた。昔話の正直じいさんを思わせる風貌の長嶺は、先代の応援団のリーダーで、今はご意見番になっている。

「ちょっと聞いてくださいよ～」

哲司はさっそく息子のジャガーズファン疑惑の相談をした。

哲司は亮が赤ちゃんのときから、亮を背負って、毎日この球場に応援に来ていた。その英才教育の甲斐あって、亮は湘南ウイングスのファンになっていた。文房具はウイングスグッズで揃え、野球カードはウイングスのものしか集めないし、プロ野球ゲームは湘南ウイングスでしか絶対にプレーしなかった。それなのに、ここにきて突然、ライバル球団であるビッグジャガーズのファンになってしまったのだ。

「たしかに今年の開幕あたりから、様子がおかしかったんですよ。試合に連れて行っても、ビッグジャガーズ戦だと、あっちの選手ばかり見てたし……プロ野球ニュースもジャガーズの結果を気にしてたし……でもまさかって思ってたんですけど……」

「そういえば最近、亮君、野球カードでジャガーズの選手が出ると、嬉しそうだったもんなぁ」

「えっ、そうなんですかっ」

亮は長嶺の経営しているコンビニで、よく野球カードつきのお菓子を買っていた。

「まぁあっちは常勝球団だもんねぇ、我々みたいに弱いチームを懲りずに応援する方が珍しいでしょ」長嶺はカカカと笑う。さすが弱小球団を長年応援しているだけあって、達観していた。

ピーッと甲高い笛の音が響くと、恰幅のいい応援団のリーダーが立ち上がる。一回の裏のウイングスの攻撃が始まったのだ。哲司もトランペットを持って立ち上がると、リーダーの指示に合わせて、トップバッターのヒッティングマーチ演奏を始めた。マウスピースに口を当て、息を強く吹くと、綺麗な高音が出る。柔らかく透き通った、われながらウットリするような音色だ。

その演奏に合わせて、ファンたちは選手の応援歌を歌い始めた。

哲司はこの瞬間、いつも鳥肌が立つ。ウイングスの応援がしたくて始めたトランペットだけど、思いっきり息を吐き出し奏でる音色は、日常の嫌なことをすべて忘れることができる。そして、選手を応援しているのだけれど、自分も体の底から勇気が沸いてくるのである。

すっかり夜も更け、空には丸い朧月が神秘的な光を放っていた。潮風を含む夜風も心地よい。しかし哲司はそんな春の宵を楽しむ余裕もなく、駅に向かう客たちに背を向けて、球場近くの駐輪場へと背中を丸め歩いていた。今日も湘南ウイングスは、早い回から先発投手が炎上し、10対0という大差で敗けてしまった。万年最下位で負けることには慣れているとはいえ、やはり落ち込んでしまう。手に持ったトランペットケースが鉛のようにズシリと重い。九回裏まで力を振り絞ってトランペットを吹き続けた哲司にとって、疲労はよりいっそう重くのしかかった。

そして試合が終わると、現実が押しよせてきた。

哲司の脳裏に、ユニフォームTシャツが見つかったときの、亮の焦った顔が浮かぶ。

なぜ、亮はビッグジャガーズのファンになってしまったのか。他の球団ならまだ我慢できたが、よりによって哲司が一番嫌いな球団のファンになってしまうとは。父親がジャガーズ嫌いの熱狂的なウイングスファンというのはよく分かっているだろうに、なぜそんなチームを好きになるのか。子供にとって強い球団というのは、そんなことなど関係ないくらい魅力的なのだろうか。

そのとき、ナイロンジャンバーのポケットが震えた。携帯電話の着信だ。取り出すと、着信者は、『鈴木美和』とあった。哲司は顔をしかめると、携帯を再びポケットの中に突っ込む。

美和は、哲司の元・妻だった。実は試合中から何度もかかってきていたが、ずっと無視していたのだ。

「勘弁してくれよ」哲司は鳴り止まない携帯をポケットに放置したまま歩き続けた。もうこれ以上の問題を抱えたくなかった。

「亮は？」家に帰った哲司は、一階の居間で寝転がってテレビを見ている妙子に声をかけた。

「もう寝たよ」と背中を向けたまま答えた妙子は、ふと何かを思い出し、振り返る。

「あんた、美和さんから電話があったよ」

「……そう」

哲司は内心舌打ちした。哲司が携帯に出なかったから、自宅に電話をかけてきて、妙子に相談を持ちかけたのだ。

哲司と美和は四年前に離婚していた。二人の間には亮と、亮の一つ年上の姉・沙織がいた。離婚するにあたって、哲司は亮を、美和は沙織を引き取ったのだ。そしてその二年後、美和は会社経営者の男と再婚した。話によると、相手の男はかなり稼ぎがあるらしく、美和は格段にいい暮らしをするようになった。すると美和は、突然、亮も引き取って、金銭的に困らない生活をさせてやりたいと言い出してきたのだ。

もちろん哲司はその要求を突っぱねていた。

「それで、あんたどうするんだよ」妙子はテレビを見るのをやめ、心配そうに起き上がってくる。

「どうするも……俺が亮を手放すわけないじゃないか」

「そうだね……」そう言いつつ妙子の顔は曇った。

「とりあえず電話してあげて」

「わかった」哲司は一応そう答えたが、自分から電話をかける気はさらさらなかった。

二階の六畳の和室の戸を開けると、亮はすでに布団の中だった。哲司は静かに足を踏み入れ、小さな布団のふくらみを見つめる。寝息が聞こえない様子から、どうやら亮は狸寝入りをしているようだった。なぜジャガーズのファンになったのかと、哲司に追求されるのを恐れたのだ。

隣に敷かれた布団の上にあぐらをかくと、哲司は肩を落とした。

亮は困難に直面すると、つい逃げてしまう性格だった。通知表の生活面の評価では『もう少し頑張りましょう』が並ぶし、いじめっ子に追いかけられたときは友達を置いて逃げてしまうし、溜まりに溜まった夏休みの宿題は、押入れに隠してなかったことにしようとした。

しかし哲司はそんな亮を怒ることは出来なかった。

「……」

哲司は亮の布団に手を伸ばした。どうせ寝ていないのなら、亮を揺すり起こして、なぜジャガーズファンになったのか、問い質そうと思った。しかし伸ばした手を引っ込めると、静かに立ち上がり、スエットに着替え始めた。そして寝支度を終えると、自分の布団にもぐりこんだ。嫌なことから逃げてしまうのは自分も同じだった。亮の性格は、紛れもなく自分譲りのものだった。

翌朝、店の厨房のガラス戸を開けると、ひんやりとした空気が流れた。初夏に近づいてきているとはいえ、やはり朝五時の空気は冷たい。しかし冬の刺すような寒さに比べれば、格段に気持ちのいい朝である。

哲司はサンダルを履いて、コンクリートの床に降り立ち、業務用冷蔵庫の扉を開けた。中に何個も並んでいる大きなボールには、昨日から水につけてある大豆が入っていた。哲司はその一つを指に取り、縦に割ってみる。水気を十分に含んだ大豆は、綺麗に平らに割れた。

哲司は亡くなった父親がやっていた豆腐屋を受け継いでいた。ウイングスの応援を生活の中心にしている哲司にとって、午前中に豆腐と惣菜を作り終えれば、あとは母親に店番を頼んで球場にかけつけられるので、この仕事は気に入っている。実は、ウイングスの応援が自由にできるから豆腐屋を継いだようなものだが、季節や気候によって変化する大豆の様子を見ながら、毎日美味しい豆腐を作っていくこの仕事にやりがいを感じている。父親の代からの客が引き続き買ってくれているのも、張り合いになっていた。

「おはよう……」

哲司が蒸し器の火加減を調整していたとき、パジャマ姿の亮がオズオズと声をかけてきた。

「お、おう」哲司も気まずく応える。

亮はそのまま厨房の入り口で、柱にもたれながらモジモジしていた。父親が早起きだから、亮も早起きだった。普段は、登校するまでのこの時間が、哲司と亮のコミュニケーションタイムになっている。父親としては、学校での出来事や友達の話などを聞かなければいけないのだが、シーズン中はついついウイングスの話になってしまう。

「お前、いつからジャガーズが好きになったんだ？」作業しながら哲司はさりげなく聞いてみた。

「ちょっと前から……」

「ウイングスより好きなのか」

「……」

父親に遠慮して答えない。でもその沈黙が答えになっていた。

そんなにジャガーズが好きなのか……。冷静を装いながらも哲司は動揺した。

そこから哲司は黙ってしまった。亮が所在なさげに立って、哲司の会話を待っていたが、声気がつくと、亮は居間に行ってしまったようで、入り口から姿を消していた。

午前十時過ぎ、店の戸を開け、『商い中』の札を下げる。古い住宅街にある豆腐屋は、開店したからといって、そんなに客が来ることもなく、哲司と妙子は交代で店番をしながら、食事を済ませたり家事をしたりする。特に午前中は暇で、哲司は店のイスに座り、さして興味のないテレビの情報番組をぼんやりと眺めていた。亮は朝食を済ませると、哲司に声をかけずに学校に行ってしまっていた。

哲司はまだ、亮がジャガーズファンになってしまったショックを引きずっていた。

あんな球団のどこがいいんだ……。哲司は考えれば考えるほど、フツフツと納得できない怒りが沸いてくる。

あの球団は金でなんでも解決しようとするんだぞ。希望入団枠があったころのドラフトでは有望選手に裏金を渡して入団させていたし、他球団の外国人選手を金に物を言わせて強奪しまくっていたし、不祥事は金でもみ消すスポーツマンシップの欠片もない球団なんだぞ。たしかにそのお陰で、毎年優勝戦線に絡んでいるが、哲司のような貧乏球団ファンからすれば絶対に好きになれないチームである。世の中金じゃない。強くなったっていい。負けたっていい。

負けから学べることだってある。負けから生まれる感動だってあるのだ。

そう亮にも教えてきたはずなのに……。亮は全然父親の背中を見ていなかったのか。

そのとき、店の中が暗くなった。停電にでもなったのかと不思議に思い顔を上げると、店の外に大きな車が止まっていた。鏡のようにピカピカに磨かれた黒塗りの車は、ツードアのベンツだった。哲司はギョッとして立ち上がる。

「電話ちょうだいって留守電に残してたでしょ！」

運転席から化粧も服装も派手になった美和が、目を吊りあげてこっちを睨みつけていた。亮の問題について話し合いに乗り込んできたのだ。困ったことがあると、つい逃げてしまう哲司や亮と違い、美和は白黒はっきりつけたがる性格だった。

「いきなりあんなもんで来るなよ、近所迷惑なんだから」

店で深刻な話をするわけにいかず、いつもトランペットの練習をしている河川敷に美和を連れて行った。

「相変わらずの店ね」哲司の文句を聞き流し、美和が豆腐屋を馬鹿にしたように笑うので、「お前も相変わらずだな」と、哲司は悔し紛れに返してやった。昔は可愛いと思っていた小生意気な態度も、今はただ腹立たしいだけである。

哲司と美和は十九歳のときに知り合い、付き合って間もなく、美和が沙織を妊娠したので結婚した。しかし亮が生まれたあたりから二人の関係はおかしくなっていった。ウイングスの応援が出来れば毎日が幸せな哲司と違い、美和は上昇志向が強かった。豆腐屋の経営についてあれこれと口を出してきたり、向上心のない哲司のことを詰《なじ》ったりして、喧嘩が絶えなくなり、結局、離婚となってしまったのだ。次の再婚相手が会社経営者というのが、いかにも美和らしかった。

「これ沙織から」仏頂面の美和が、ショルダーバッグから絵葉書を取り出した。キラキラした目が顔の半分を占めるアニメの女の子が描かれた絵葉書の裏には、黒のボールペンで『お父さんへ　プレゼントありがとう　沙織』とだけ書かれていた。

離婚したときの取り決めで、一ヶ月に一回はお互いの子供と会う約束をしていた。しかし美和が再婚すると、相手の男にすっかり懐いてしまった沙織は、哲司と会うことを拒否するようになった。よって今は、亮だけが美和たち一家と会っている。

沙織とのつながりを絶ちたくない哲司は、毎年、誕生日にプレゼントを贈っていた。そのお礼の手紙を沙織はちゃんとくれるのだが、それはどう見ても義理で書いたものだった。寂しいけれど、哲司にとっては娘との唯一の交流だから、絵葉書を大切にジャンバーのポケットにしまう。

「お前が亮にジャガーズの帽子とかTシャツを買ってやったのか？」

哲司は亮にあんなグッズが買えるほどお金をあげていなかった。

「試合見にいったとき、亮が欲しがったのよ」

「えっ試合!?」哲司は思わず声が裏返ってしまった。亮は美和の家族とビッグジャガーズの試合を見に行ったのか!? 哲司は嫌な予感が沸き、聞いてみる。「……もしかして、お前の旦那はジャガーズファンなのか？」

「そうよジャガーズの大ファンよ」〝それが何？〟と言わんばかりに美和は答えた。

「……！」

哲司は頭の芯がグラリと揺れ、倒れそうになった。亮は美和の家族とビッグジャガーズの試合を見に行っていた。再婚相手が大ファンだというジャガーズの試合に。それがきっかけで、亮はジャガーズのファンになったというのか……？ それってつまり……。

「亮もすごく楽しそうだった、家族みたいにね……だから、ちゃんと相談したいの」

呆然と立ち尽くす哲司に、美和はたたみかけた。

「そりゃ、あなたから亮を奪うのは悪いと思ってる……だけど、沙織も亮と暮らしたがっているし……それにね、今の旦那との子供が出来なくて……このままじゃ会社を継ぐ子がいないの。むこうの親もうるさいし……だから亮を引き取りたいの……たしかに自分勝手な話だよ」

「でもね」と、語気を強めた美和は、挑むように哲司を見つめた。

「亮にとって、豆腐屋の跡取りより、年商数億の会社経営者の方が絶対に幸せになると思う」

ナイフで心臓を刺されたように、哲司の胸が痛んだ。そんな話なんて聞きたくなかった。

「オレ、仕事があるからっ！」

哲司は突然、美和に背を向け、スタスタと河川敷の土手を上り始める。

「待ってよ！」ハイヒールの美和が必死で追いかけるが、哲司は無視して早足で歩いた。とにかく一刻も早く、この場所から逃げたかった。

「今度は弁護士を連れて行くからねっ！」

背後から美和が叫んだが、哲司は振り返らずズンズン歩き続けた。


どのくらい歩いただろうか。美和といた河川敷の鉄橋が、はるか小指ほどの大きさになったところで、哲司は膝がガクリと抜け、その場にへたり込んだ。

哲司の脳裏には、壊れたフィルムのように、さっきの会話が何度も巡った。

亮は美和と沙織と再婚相手の男と一緒にジャガーズの試合を楽しんだのだ。亮がジャガーズファンになったのは、再婚相手の影響なのだろうか。ということは、亮も沙織のように再婚相手に懐いているのだろうか。もし美和が話したら、向こうの家族になると言い出すのだろうか。亮は自分よりも、あっちの家族を選ぶのだろうか……。

そう考えると哲司は胸が締め付けられ、叫び出したくなるくらいの悲しみに襲われる。

たしかに、美和の言うことはもっともなのだろう。収入の面では美和の再婚相手に敵わない。今はなんとか生活できているが、豆腐屋は近所の大型スーパーに押され、年々売り上げが落ちてきている。今後も今の生活が続けられるとは限らない。哲司が湘南ウイングスの応援をやめたって、浮く金は微々たるもので、亮に十分な教育を受けさせることも、やりたいことをさせてあげることも出来ないかもしれない。だからといって、金のために、大切な息子を手放すなんてできるはずがなかった。哲司にとって、亮は生きがいだった。当たり前だが、湘南ウイングスより大切な存在だ。金はないが、愛情はたっぷり与えているつもりだった。

それでも息子は向こうの家族の方がいいと言うのだろうか……。

もし亮が、あの家に行きたいと言ったら哲司に引き止める権利はなかった。でもそれは哲司にとって耐えられないことだから、今まで、亮に面と向かって聞くこともできなかったのだ。

「どこ行ってたの、早く球場に行こうよ」

家に戻ると、学校から帰ってきていた亮がリュックを背負って待っていた。

「おっ、今日は一緒に行けるのか？」

嬉しそうに目尻を下げた哲司だが、亮が気まずく目をそらすのを見て気づく。今日はウイングス対ビッグジャガーズの試合だった。哲司はガクリと肩を落とした。

人気のジャガーズ戦とあって、球場はいつもより観客が多かった。外野席もかなり埋まっているが、ライト側より、敵チームのレフト側の方が賑わっているのが悔しい。亮は哲司と一緒にウイングスの外野席に座った。さすがに空気を読んだのか、ジャガーズの帽子もユニフォームTシャツもリュックにしまったままだった。

「ウイングスファンは温厚だから、ジャガーズのユニフォームを着ても大丈夫だぞ」哲司が言うが、「うん、でもいいや」と亮は遠慮する。しかし、ジャガーズの選手たちがバッティング練習を始めると、食い入るようにグラウンドを見つめた。その嬉しそうな横顔を見ると、哲司はせつなくなる。

亮はまた背が伸びたな。隣に座る息子の頭が、もう自分の肩を超えているのに気づいた哲司は、そう思った。足も大きいし、自分に似て、もっと背は伸びるだろう。

この球場に亮を初めて連れてきたのはいつだったっけ。ピンポン玉のように、軽々と空に舞う白球を眺めながら哲司はぼんやりと考える。

たしか亮が生まれて何ヶ月も経ってないころに、赤ちゃんの亮を背負って、この外野席でウイングスの応援をしたのだ。その日はウイングスが勝ち、勝利の応援歌を歌っているとき、亮はキャッキャと笑っていた。哲司に釣られて笑っていただけなのだが、一緒に喜んでくれているようで嬉しかった。小学校に入る前までは、ヒーローインタビューがよく見えるようにと、肩車をよくしてあげていた。この外野席に並んで座り、ウイングスの選手の特徴や、ピッチャーの球種、バントやヒットエンドランの作戦、外野シフトについて、数え切れないほど語り合った。連敗が続くと、「楽しいことはたまに起こるから楽しいんだよね」と亮が言ってくれて、涙が出た。美和と沙織がいなくなって寂しかったときも、二人で声を張り上げて応援歌を歌うことで、元気を出していた。これからもずっと一緒にウイングスを応援するつもりでいた。

でも亮はジャガーズのファンになってしまった……。それは哲司にとって、すごくすごく寂しいことだ。

だけど……。隣で頬を紅潮させ、瞬きもせずにジャガーズの選手を見つめる亮の横顔を見ながら、哲司は思う。

亮には亮の趣向がある。亮には亮の人生がある。哲司とは違う未来がある、別の可能性がある。父親といえども、それを変える権利はないのだ……。

「亮……」

〝お母さんの家に行きたいか？〟哲司が問いかけようとしたとき、

「吉本選手はスタメンかい？」いつの間にかやってきた長嶺が背後から声をかけてきた。

「はいっ」振り向いた亮は、嬉しそうに頷く。

吉本選手？　たしか、ジャガーズに入団したばかりのルーキーだよな、哲司が思い返していると、

「亮くんは吉本選手のファンなんだよ」長嶺が優しげな顔を向け、説明してくれる。「今日、うちの店で、吉本選手のプロ野球カードが出て、大喜びしてさぁ」

「そうなのか？」哲司は亮のリュックを開け、中に入っているジャガーズのユニフォームTシャツを広げてみた。たしかに背番号8の『YOSHIMOTO』と書いてある。

「〝お父さんのために頑張ります〟って入団会見、かっこよかったもんなぁ」

亮の頭をクシャッと撫でながら、長嶺が笑った。

「えっ？」その言葉で、哲司は昨年秋のドラフトを思い出す。

吉本選手は昨年、ドラフト二位でジャガーズに入団した。入団会見で〝立派なプロ野球選手になって、お父さんを楽させてあげたいです〟と宣言していたのだ。吉本選手は父子家庭で、父親が苦労して男手一つで育てられたことが紹介されていた。そして宣言通り、開幕からレギュラーを取る活躍をしていた。

「亮くんは吉本選手みたいになりたいんだよな？」長嶺に聞かれ、亮は赤くなりながらも「はいっ」と元気に返事をする。

なんだ、なんだそういうことだったのか……。

哲司は胸が熱くなる。亮は吉本選手に自分を重ねて応援していたのだ。そして吉本選手を応援するうちに、ビッグジャガーズのファンになってしまったのだ。

「よかったじゃないの」長嶺が哲司の肩を嬉しそうにポンポンと叩く。

〝お父さんを楽させてあげたいです〟

その言葉が、哲司の頭にこだまする。

亮もそう思ってくれているのか……。俺の背中をちゃんと見ていてくれたのか……。

そのとき、球場に歓声があがった。一回表の攻撃が始まり、先頭バッターだった吉本選手がヒットを打ったのだ。亮が立ち上がり、グラウンドを見つめる。

すると哲司は、トランペットを持って立ち上がった。マウスピースに口を当てると、思いっきり息を吹き付ける。勢いよく流れ出た曲はウイングスのではなく、ビッグジャガーズのヒッティングマーチだった。

亮も長嶺も、応援団の仲間たちも、外野席のウイングスファンもびっくりして目を瞠《みは》る。

それでも哲司は構わず、ビッグジャガーズのヒッティングマーチを演奏し続けた。初見《しょけん》だけど、耳が覚えているのか、自然と指が動く。

〝お父さんを楽させてあげたいです〟

思いっきり息を吹きだすと、哲司は涙が滲んだ。嬉しかった。亮がこんな風に思ってくれていたことが堪らなく、嬉しかった。もうそれだけで十分だった。

亮がどの球団のファンになっても構わない。もし美和のところに行きたいと言ってもいいと思った。亮が幸せになってくれればそれでいい。亮と美和とちゃんと話し合って、最善の方法を考えよう。

艶やかなトランペットの音色が、青みがかった夕空に高らかに響いた。敵チームのヒッティングマーチだけど、やっぱり演奏していると勇気が沸いてくる。俺も逃げずに向き合おう、哲司はそう心に誓った。

きのした食堂

古い建物だからだろう、ねずみ色のモルタル壁にはあちこちひびが入っている。カーテンのかかってない窓は殺風景で、すりガラスは中の様子も見せてくれない。このおしゃれっ気ひとつない二階建ての建物、本当に食堂？　と思わず首を傾げてしまいそうだけど、確かに食堂なのだ。なぜなら、入り口の扉の上に、「きのした食堂」と書かれた古い看板がかかっているから。それも右肩下がりで。このあまりの古さに一瞬入ることをためらったけど、三軒となりのきれいでにぎやかなレストランに入る気分ではない。そして、とにかくお腹が空いている。私は意を決して、目の前の建物に足を進めた。

扉を押すとギィーと音がして、それが合図なのか、六十くらいのおじさんとおばさんが厨房から出てきた。「いらっしゃい」と迎えてくれた笑顔が、この建物の見た目の印象を和らげてくれる。でも店内は外観同様おしゃれっ気はなく、壁には昭和の香り漂う古いものから現在の新しいものまでのビールのポスターが、貼りっぱなしといった感じで貼られていた。そして、中央には十人くらいが座れる大きなテーブルがあり、壁に沿って四人掛けテーブルが並んでいた。私は一番奥のテーブルに座ると、壁のメニューの中から玉子うどんを注文して、おばさんが「どうぞ」と置いていった熱いお茶をひと口飲んだ。夕食まで時間があるからだろうか、客はなく、ひっそりしている。とても静かだ。厨房から聞こえてくる調理の音以外は何も聞こえない。私はやっとホッとした気持ちになった。

今朝、たっちゃんと喧嘩をして、「考えさせてください」と置き手紙をして家を出た。行くあてもなく駅に行き、路線図を見ていると、「木の下温泉」という文字が目にとまった。昔、母の口から聞いたことがある名前だった。たしか、そこにいた頃が一番幸せだったと言っていたと思う。

だから何？　ここに来て何がどうなるっていうの？　目を閉じて自分に問いかけた。そんなことなど何も考えず、気づいたときには列車に乗っていたのだった。

扉がギィーと鳴り、厚化粧に派手な服を着た七、八人の女性たちが入ってきた。「おばさん、おむすび」「私も」などと言いながら、常連なのだろう、厨房入り口にあるポットのお茶を自分たちで入れて、中央のテーブルに座っていく。年は二十代から五十代くらいで、年代に幅があるわりにはみんな仲がよさそうだ。厨房から出てきたおばさんは笑顔で「はいよ」と言うと、おむすびの数も聞かずに戻っていった。

「観光ホテルに団体さんが入ってるって」「ねえ、髪型かえてみたんだけど似合う?」「昨日は飲み過ぎて頭が痛いわあ」「行ったらすぐに掃除しなくちゃ」

どうやらみんな、ホステスさんのようだ。仕事のこと、美容のこと、健康のこと、それぞれがいっせいに話しはじめて、さっきまで静かだった食堂が突然にぎやかになった。

そんな中で食べた玉子うどんだけど、あっさりした薄味でおいしかった。元々はこってりしたものが好きだったのに人間のからだって不思議、そんなことを考えながら食べていると、中央のテーブルに海苔が巻かれた大きな三角おむすびがたくさん運ばれてきた。女性たちは「いただきます」と言って食べはじめる。おばさんが「しっかり食べて今日もがんばってね。足りなかったらまた作るから」と声をかけた。そのとき、また扉がギィーと鳴った。

「ただいま!」

次に飛び込んできたのはランドセルを背負った小学三、四年くらいの女の子だった。元気があり余っているというか、元気のかたまりというか、入ってくるとそのままの勢いでおばさんに抱きついた。おばさんはもちろん、ホステスさんたち、厨房のおじさん、みんなが「お帰り」と声をかける。

「とうとう明日になっちゃった、マラソン大会! あ〜、緊張するなあ、大丈夫かなあ」

女の子はおばさんに甘えるように寄りかかり、心配そうに言っている。が、顔は笑顔だ。

「肩の力を抜いて走るのよ」「順位なんか気にしなくていいんだからね」「そう、がんばることに意義がある！」「そうそう、最後まで走り切ればそれでＯＫ」

女の子の肩や背中を叩きながら、ホステスさんたちがアドバイスをする。女の子はその言葉ひとつひとつに、うん、うん、と真剣にうなずき、最後に「よ～し、私、がんばる！　ママたち、応援してね、絶対だよ！」と言って、奥にある階段を上がっていった。

「去年は途中で転んだんだよね」「膝をすりむいて大泣きして」「今年は大丈夫かなあ」「心配だね」「大丈夫、がんばり屋だから」「とにかく私たちにできることは応援することよ」

会話からホステスさんたちの女の子に対する優しさがみえてくる。でも、小学生がホステスを「ママ」と呼ぶのは、ちょっと違和感が……。そんなことを考えながらも何も聞いてないふりをして、私は玉子うどんを食べた。

しばらくして、服を着替えた女の子が階段を下りてきて、厨房のおじさんを手伝いはじめた。おむすびを食べ終えたホステスさんたちは、「ごちそうさま」と誰もいないレジにお金を置くと、「美和、行ってくるね」「ちゃんと宿題をしてから寝るんだよ」と女の子に声をかけて出ていく。女の子は厨房から「うん。ママたちもがんばってね。いってらっしゃ～い」とスポンジを持ったまま、泡のついた手を振っていた。そして、また静けさが戻ってきた。

中央のテーブルを片づけにきたおばさんが、「お客さん」と、私に話しかけてきた。

「温泉に来たの？」

「えっ……まあ……はい……」

「ここの温泉はね、美肌の湯で有名なの。肌がすべすべになるよ。からだの凝りもほぐしてくれるし。あ、お客さん、お泊まり？」

これからのことは何も考えていなかった。でも、まだ家に帰る気にはなれない。

「宿を決めてないんですけど、あまり混んでなくて静かなところ、ないですか？」

さっきのホステスさんたちの話では、どこかのホテルに団体が入っていると言っていた。そういうところは避けたい。

「それなら、うちの斜め前の田中さんがいいかな。小さいから団体さんもないし」

願ってもない返事に、「じゃ、そうしようかな」とつぶやくと、おばさんは「だったら訊いてみてあげるね」と言って、「美和！」と叫んだ。「何？」とさっきの女の子が出てくる。

「田中さんに行って、部屋が空いているか訊いてきてあげて」

「うん、わかった！　お姉ちゃん、ちょっと待っててね」

女の子に突然「お姉ちゃん」と声をかけられて、私はちょっと照れながらも「うん」と笑みを返した。女の子は店を飛び出すと、前の旅館に入っていった。

「お孫さんですか？」

私の質問におばさんは、「違うのよ」と笑った。

「えっ、あ、すみません！　私ったら……あの……じゃ、娘さん……？」

今度は「まさか」と笑った。

「あっ、じゃ、さっき来ていた人たちの中に……」

おばさんは「はずれ」と言って、「誰の娘でもないんだけど、みんながママなの」と笑った。

「娘じゃないけど、ママ？」

そのとき、「空いてたよ〜」と美和ちゃんが戻ってきた。私はもう少し訊いてみたい気持ちを抑え、お礼を言って店を出た。

田中旅館はこぢんまりとした旅館で、女将《おかみ》さんはきのした食堂のおばさんより少し若いくらいの人だった。その女将さんに、夕食はきのした食堂ですませたことを告げ、明日の朝食だけをお願いした。

「だから、美和ちゃんが、部屋の確認に来たんですね。でも、お客さん、あそこで食べるなんて珍しい」

女将さんが笑って言った。見た目の悪さで、観光客は敬遠するのだという。

「地元の人や古くからのお客さんには人気なんですけどね、味がいいから」

おいしかった玉子うどんを思い出してうなずき、ホステスさんたちがやってきたことを話すと、女将さんは受付の手続きをしながら教えてくれた。

「昔からこの温泉で働くホステスさんたちは、わけありの人や都会から逃げてきた人が多かったんですよ。その人たちの悩みや愚痴を、あそこの夫婦、面倒見がいいから、聞いてあげたり、相談にのってあげたり。そしたらいつの間にか、あそこが憩いの場所になっていたってわけです」

「じゃ、美和ちゃんって子は？　ホステスさんたちのことをママって呼んでたんですけど……」

よその家の事情をこそこそと訊いているようで気が引けたけど、気になって仕方がなかった。

女将さんは声をたてて笑った。

「お店のママじゃないですよ。家族のママですよ」

「そうですよね」と私も苦笑いしたところで電話がなり、その話は途中で終わってしまった。

案内された二階の部屋の窓からは、きのした食堂がよく見えた。たしかに、私も観光で来たなら入らなかっただろう、と眺めていると携帯が鳴った。たっちゃんからだ。私は一瞬迷いながらも、鳴り続ける携帯を置いたまま、逃げるように部屋を出て浴場に向かった。

温泉はとても気持ちよかった。何も考えずに入ることができたなら、どんなにいいだろう……。私はお湯の中でそっとお腹を触り、深いため息をついた。そしてその夜、夢を見た。どうしよう……どうしたらいいんだろう……。大きなお腹をさすりながら、見知らぬ町を歩く私がいた。

朝見る風景は、昼に見るそれより新鮮で美しい、と何かの本で読んだことがある。その通りだと思った。窓から見る温泉街は日曜の朝ということもあり静けさに包まれていて、ほんわか霞《かすみ》がかった景色は幻想的だ。が、きのした食堂だけは昨日と同じ古臭い建物だった。でも、なんだろう……、なんだか親しみが持てた。

チェックアウトをして、女将さんと一緒に外に出ると、ちょうど、きのした食堂から「いってきま～す！」と体操服を着た美和ちゃんが出てきた。

「あ、おはようございま～す！」

私たちを見つけて挨拶をする姿は朝から元気いっぱいだ。

「女将さん、今日、マラソン大会があるから応援してね！　お姉ちゃんも応援してね！」

手を振って走り去る美和ちゃんに、私も女将さんも頬が緩む。

「今日は保育園児から中学生までがみんなで走るマラソン大会があるんですよ。もちろん、距離はみんな違うんですけどね」

お姉ちゃんも応援してね、か……。困ったな、どうするかな、と思いながらも、美和ちゃんが声をかけてくれたことがうれしかった。

旅館をあとにして、どこに行くともなく町を歩いていると静かだった町も人が増えていた。近くに小さな動物園があるらしく、それ目当てなのだろう、家族連れの姿も目立つ。私の視線は小さな子どもを連れた母親に自然と流れていった。みんな優しい目をしている。幸せそうな笑顔だ。私もあんな風に笑うことができるのだろうか……。

私は物心ついた頃から母とふたりで暮らしていた。仕事、子育て、生活のすべてを背負いこんでいた母は、一向によくならない暮らしぶりに、「こんなにがんばっているのに、なんで幸せになれないのよ」と怒っていた。私が小学三年のときだった。「私、ひとりなら何とでもなるのに……」とポツリと言ったことがある。私はそのとき初めて気づいた。私がお母さんを苦しめてるんだ……。だから優しい言葉をかけても、笑わせようとしても、怒ってばかりだったんだ……。そのうち、母は「もう疲れた……」と泣くようになり、やがて、無表情になっていった。その目は私を責めているような気がして、私は母を避けるようになった。そうして育った私が母親になる……。

時々、耳にする。愛情を知らずに育った子は、我が子にも同じ思いをさせてしまうケースが多いと。愛情は与えられた分しか人に与えられないのだと。そんなこと、あるわけない。寂しい思いをしたからこそ、我が子には同じ思いをさせまいとするのだ。そう思っている、そう思っているのに……心のどこかに、もしかしたら、という不安がつきまとう。私は我が子を可愛いと思えるだろうか……。私は母のようにならないだろうか……。だから決めていたのだ。子どもは決して作らないと。そんな私の気持ちを知りながら、たっちゃんは言った。

「大丈夫だよ。血はつながっているけど、お母さんはお母さん、友子は友子。違う人間なんだから、ちゃんと育てられるさ。それに過去は過去。忘れてしまっていいんだよ」

たっちゃん、そんな簡単に断ち切れることじゃないんだよ……。

朝起きて、携帯を確認したら着信が何件か入っていた。全部、たっちゃんからだった。旅館を出るときにも「今どこ?」とメールが送られてきた。たっちゃんが悪いわけじゃないのに、ごめん。でも……。悩んだあげく、「もう少し時間をください」と返信した。

私はお腹をさすりながら町を歩いた。どうしよう……どうしたらいいんだろう……。昨日見た夢とまるで一緒だ。そして歩いているうちに、時計はとっくに昼を過ぎて、気がつけば、きのした食堂の前に立っていた。

食堂には数人の客がいて、食べて話して笑って、まるで我が家のようにのんびりしていた。

私は厨房から「いらっしゃい」と出てきたおばさんに、旅館を紹介してくれたお礼を言って頭を下げた。おばさんは「ゆっくりできて、よかったよかった」と言ったあとで、「お昼食べた?」と訊いた。「まだです」と答えると、「じゃ、座ってて」と厨房に入っていく。そして、「お父さん、おむすび」という声が聞こえてきた。断ろうと思ったけど、お礼だけ言って帰るのも悪いと思って、昨日と同じ席に座った。

それからまもなく、数人いた客はぽつぽつと席を立ち、いつの間にか私ひとりになっていた。

それを見計らっていたかのように、おばさんが大きなお皿を持ってやってくる。

「待たせちゃってごめんね」

皿には海苔の巻かれた大きなおむすびが十個くらい並んでいた。そんなには食べられない、と言いかけたとき、「そんな隅じゃなくて、こっちこっち」とおばさんが窓際のテーブルに手招きした。そして、お茶の入った湯のみを三客、テーブルに置いた。三人分のおむすびだった。

おじさんは厨房から出てきて、「休憩中」の錆びた札を扉の外に吊るし、お店の明かりを消した。人工的な明かりがなくなり、外からの柔らかい陽射しに包まれる。この光景はきっと昔のままなのだろう。まるで時間がとまったかのようだ。

私の前に座ったおじさんは「お腹空いたなあ」とおむすびをつまみ、おばさんは「ほら、温かいうちがおいしいよ」と皿ごと私の前に差し出した。「ありがとうございます」とひとつ手に取って口に運ぶと、白米のおいしさが口の中に広がった。

「元気出た？」

おばさんの問いかけに、私は一瞬、真顔になった。

「昨日、すごく悩んでるように見えたからね」

おばさんはにっこり微笑んで、それ以上そのことには触れなかった。今日は天気がいいとか、昨日の夜はいびきがうるさくて眠れなかったとか、夫婦のいつもの会話なのだろう、おじさんとお喋りがはじまった。私はそれを聞きながらおむすびを食べ、お茶を飲み、そして時々、笑った。こうやって色んな人の心をほぐしてきたのだろうか。今、私の心も、ほぐされているのだろうか……。でも、次の瞬間、私はその和やかな時間を壊してしまった。おむすびがなくなり、「デザートとコーヒーを入れるね」と席を立ったおばさんに、私は早口で吐き出すように言った。

「妊娠してるんです」

言ったあとで、しまった、と思った。私、何言ってるんだろう……。この人たちにこんなこと言っても、どうしようもないのに……。女将さんが昨日言った「あそこの夫婦、面倒見がいいから」という言葉に弱い気持ちが反応してしまったのかもしれない。苦しい思いを聞いてほしいと、どこかで思っていたのかもしれない。

「おめでた?」

おばさんの言葉にこくりとうなずくと、おじさんが不思議そうに「めでたいじゃないか」と言った。

「めでたくないんです!」

強い口調に、ふたりが心配そうに私を見る。

「私、自信がないんです……。ちゃんと母親になれるか、ちゃんと子どもが育てられるか、自信がないんです……。みんな、赤ちゃんができたら喜ぶのに……私も本当は喜びたいのに……素直にそれができないんです……」

静かな空間に嗚咽がもれる。おばさんが、私の肩をポンと叩いた。

「昔の話なんだけどね」

そして、ゆっくりと話しはじめた。

「この温泉街に昔、ミホっていうホステスがいたの。結婚はしていなかったけど一緒に暮らしている男性がいて、その人の子どもを身ごもっちゃったのよ。ミホはこれで結婚できる、家族三人で幸せに暮らすんだって、すごく喜んでた。でもその男性はその話を聞いて、姿くらましちゃって……。まったく、ひどい話だよね」

優しいおばさんの表情が険しくなっていた。

「ミホさんは？」

「泣いてたよ、ひとりじゃ子どもを育てる自信がない、育てられないって。だから言ったの。みんなで育てればいいじゃないって」

「みんなで？」

「うん。私、お父さん、ホステス仲間、みんなで。そうすればミホも楽しいし、私たちも楽しいし、子どもも楽しいし。ミホはかなり悩んでたけどね……。でも最後には産むって決めて、母親になる準備をはじめたの。そして元気な女の子が生まれた。ミホはそれから、我が子と一緒に生きていくんだってがんばってた。私たちも、ミホが仕事に出る夜はその子の面倒をみたし、ホステス仲間も散歩をさせたり、保育園の送り迎えをしたり、一緒に寝たり遊んだり、みんなで育てて、みんなでその子の成長を楽しみにしていた。でも子どもが五歳になったとき、ミホに病気がみつかってね」

「病気?」

「うん。ガンだったの」

「ガン……」

「ミホはね、娘に隠れてずっと泣いてた……。我が子の成長する姿をこれからもずっと見ていたいのにって……。泣いて泣いていっぱい泣いたあとに言ったの。この世を去る母親の悲しみも大きいけど、母親を失う子どもの悲しみの方がきっともっともっと大きいんだから、私がその悲しみを小さくしてやらなくちゃって……。そしてね、娘に、『あのね、ママはひとりじゃないんだよ。ママのほかにもいっぱいママがいるんだよ。さちこママでしょ、奈々ママでしょ、リリーママでしょ、ひばりママでしょ……』って。克代ママもあったねえ」

おばさんは少し照れくさそうに言って、寂しそうに笑った。

「それから、一郎パパも」

今度はおじさんが切なそうに笑った。おばさんは思い出すように遠い目をした。

「ミホはいつも娘を抱きしめて言ってた。『たくさんの人に囲まれて、たくさんの人に愛されて、幸せいっぱいだね。これからも幸せいっぱいだよ』って……」

「それが美和ちゃん……？」

おばさんはにっこりとうなずいた。

そうだったんだ……。だから美和ちゃんは、みんなの子どもじゃないけど、みんなは美和ちゃんのママなんだ……。

「あんたも頼れる人がいたらみんな頼っちゃえ。おっ、そうだ、なんならわしらを頼ってもいいぞ」

おじさんの言葉におばさんも「うん、それいいねえ。連れておいで。こっちは大歓迎だよ」と笑った。そのとき、携帯が鳴った。たっちゃんからだ。出ようか出まいかと迷っていると、おばさんが「お父さん、片づけ、片づけ」とおじさんと一緒に席を外してくれた。

「もしもし」

電話に出ると、安堵のため息が聞こえた。

「やっと出てくれた……。心配したよ……」

「たっちゃん……ごめん……」

たっちゃんは、元気ならいい。からだは苦しくないか？　つわりはないのか？　と訊いてくる。大丈夫だと伝えると、またひとつ安堵のため息をついて言った。

「また軽く考えてるって思うかもしれないけど、でも、俺もいるんだし、ふたりでがんばれば、ちゃんと育てられるよ。な、大丈夫だよ」

がんばりたい。私だってがんばりたいと思ってる……。

たっちゃんは最後に「待っているから」と言って、電話を切った。私は机に伏して、あふれそうな涙をこらえた。みんなの優しさが心にしみてくる。たっちゃん、食堂のおじさん、おばさん、美和ちゃん――。みんなが私の心にそっと寄り添ってくる。そんな風に、ね、お母さん、あなたが私に寄り添ってくれていたなら……。

コトッと音がして顔を上げると、目の前にケーキがあった。そばにおばさんが立っていた。

「女はね、甘いものを食べると元気になるんだよ」

その言葉……ずっとずっと昔に聞いたことがある。母だ……。もしかして……。私は厨房に戻ろうとしたおばさんの腕をつかんだ。

「もうかなり前だと思うんです。……二十年以上、ううん、もっと前かもしれない。森本みずほっていう人、いませんでしたか？」

「みずほって、みずちゃん？」

「みずちゃん……？」

「みずちゃんならいたよ。どこからかやって来て二年くらい働いてたねえ。お客さんと仲良くなってね、子どもがいたけど再婚して、どこに行ったんだったかなあ……」

そこまで言って、おばさんがパッと私を見た。

「……もしかして……えーっと名前……」

おばさんは絞り出すように考えて、叫んだ。

「友ちゃん！」

「はい」

おばさんが素っ頓狂な声で「お父さん！」と大声を上げた。おじさんが何ごとかというように厨房から出てきた。

「お父さん！　友ちゃんだって！　みずちゃんの娘、友ちゃん！」

おじさんは目を丸くして私を見た。

「えっ、あの友ちゃん？　嘘だろ？　えー、いやあ、はははは、あの小さかった友ちゃんか。はははは」

私の方はまったく覚えていないのだけど、久々の再会を、手を叩いたり、笑ったりしながらふたりは喜んでくれる。そして、「みずちゃんは？」と訊いた。

「さあ、どうしてるかな……」

私はふたりから視線を外した。

高校を卒業して、就職と同時に家を出た。その半年後、一度だけ家に帰ったことがある。離れていた期間が、もしかしたら親子の関係を修復してくれているのでは……少し期待していた。でも、母はひと言「お帰り」と言っただけで何も変わっていなかった。寂しかった。その寂しさをもう味わいたくなくて、あれから五年、私は家に帰っていない。

曖昧に言葉をにごした私におばさんは、「それでも元気ならいい、いい」と優しく微笑んだ。

ケーキは決して高級なケーキじゃなかった。クリームがデコレーションされているわけでもなく、特別なトッピングがあるわけでもなく、飾りはピンクのゼリーがひとつのっているだけ。見た目は全然さえてない。でも、心にしみる優しい味……。一緒だ。きのした食堂と。見た目はよくないけど、優しく包みこんでくれる何かがここにはある。母もこうしてここでケーキを食べたのだろうか……。

そういえば……私は母がケーキを食べる姿を見たことがないかもしれない。幼い頃に何度か買ってきてくれたことがあったけど、母は口にしなかった。そんな余裕がなかったのかもしれない。そんな気持ちになれなかったのかもしれない。

「おいしい……」

そう呟いたとき、突然、扉がギィーと開いて、ひとりのホステスさんが顔だけをのぞかせた。

そして、「美和が来るよ！」と言うと、扉を開けっ放したまま行ってしまった。厨房からおばさんが「えっ、もうそんな時間」と出てきて、私に手招きをした。あとから出てきたおじさんも「ほれ、一緒に応援しよう」と声をかけてくれた。私が椅子から立ち上がろうとしたとき、おばさんが慌てて叫んだ。

「あっ、ゆっくりでいいからね」

そして微笑んだ。私も照れながら小さく笑った。

道路はいつのまにか通行止めになっていて、両脇には点々と人が集まっていた。その中を子どもたちが一生懸命に走っていく。

「美和〜！」

おじさんが叫んだ。美和ちゃんが走ってくる。真っ赤な顔で、口を開け、はあはあと苦しそうな息で。

「美和！」「がんばれ！」「ファイト〜」おじさんが、おばさんが、ホステスさんたちが、旅館の女将さんが、両手を口に当て、拳を振り上げ、手を叩いて、応援している。

そのとき——風船がはじけるように、私の記憶がよみがえった。

四歳か五歳くらいだっただろうか、必死で走る私がいた。苦しくて苦しくて、泣きながら走っていた。そして、もう歩いてしまおうと足がとまりかけたとき、声がした。

「友子！　がんばれ！」

手を振りながら、笑顔で応援してくれる人がいた。私はその人を見ると、涙をふいて走りはじめた。

「友子！　いいよ、がんばれ～！　がんばれ～！」

お母さん……。

辛い日々の記憶しかなかった。愛されていないと思っていた。でも、愛されていた日々もあったんだ……。

急に母が恋しくなった。今、どうしているだろう。空がこんなに青いのを知っているだろうか。

春になり、山に緑が戻ってきたのを知っているだろうか。

会いに行こうかな、ケーキを持って。私も母親になるんだし……。

私はそっとお腹をさすった。そして、美和ちゃんの後ろ姿に声をかけた。

「美和ちゃん！　がんばれ！」

春を待ちながら

肩甲骨の下から腰のあたりを指圧するたび、「ウッ、ウッ」と低いうめき声をあげる女将《おかみ》さんのことを今でも思い出します。わたしの指圧は男性に比べ指が細いぶん、ツボの深いところまで押せるので痛さを伴います。それでも女将さんは、いつも気持ち良さげにわたしの指圧を受けてくれたのでした。

当時わたしは、山梨県にある小さな温泉旅館、『美山館《みやまかん》』でマッサージ師として働いていました。そこの女将さんが阿久津真美《あくつまみ》さんという方です。親子代々続く老舗ですが、跡取りのご主人が若くして亡くなられました。それ以来、女将さんがご主人の代わりに旅館を切り盛りするようになったということです。

「あぁ、疲れた。愛子《あいこ》ちゃん、お願いできる？」

宿泊客のチェックアウトが一通り終わり、空き時間ができると女将さんはわたしのいるマッサージ室へとやってきます。早朝から夜遅くまで働いた疲れをとるためでした。そろそろ還暦も近い年齢でしたが、肌も皺が少なく綺麗でしたし、よく笑う気さくな人柄が見た目を若く見せるのかも知れません。

わたしはと言えば、サービス業でありながら人と会話を弾ませるのが昔から苦手です。なので黙々と指圧を施しながら、女将さんの話を一方的に聞くことに終始していました。

「愛子ちゃんは誰かいい人いないの？」「ダメよ、もういい年なんだからね。わたしが紹介してあげようか？」などなど、少々おせっかいなところはたまに瑕《きず》でしたが。

『美山館』の従業員数は必要最低限といった感じで、マッサージ師もわたし一人でした。

しかしそれで十分だったのです。というのも、客足があまり芳しくなく、冬のシーズンでも空き室が目立っていたからです。それは温泉街界隈に最新設備の整ったホテルが建つようになったことが原因でした。その煽りを真っ先に受けたのが、この『美山館』だったのです。古く老朽化した建物、とりたてて個性のない露天風呂では太刀打ちできそうにありません。

『美山館』だけでなく、他の老舗旅館にも同じことが言えました。それでもなんとか生き残りを賭け、改築や赤字覚悟のサービスでホテルに対抗していたようです。

カランカランと路に鳴り響く下駄の音と、穏やかで温かな湯煙の香り。

そんな温泉街の陰で、こうした熾烈なビジネス競争が繰り広げられていました。

わたしが働き始めて、ちょうど三年ほど過ぎた頃でしょうか？　その同僚がわたしに頼みました。

『美山館』が、まもなく倒産するという噂を同僚から聞いたのです。その同僚がわたしに頼みました。女将から噂の真偽を聞き出して欲しい、と——。

ほぼ毎日、女将さんにマッサージをしているわたしなら、話題に触れることなど容易いと思ったのでしょう。けれどもそれは誤解です。ほとんど女将さんの話に耳を傾けるだけのわたしに、とてもそんな余裕などあるはずがありません。それに女将さんがせっかくマッサージで心地良くなっているところへ、わざわざ水を差したくなかったのです。

しかしながら、切羽詰まった顔で従業員に懇願されたので、わたしは断り切れず引き受けてしまいました。従業員たちの不安を、なぜかわたしが一手に担うことになったわけです。

翌日。わたしが昼食から戻ると、女将さんはすでにマッサージ室にいました。ベッドに腰掛け、カレンダーを見つめる女将さんの目がどこか虚ろです。単に疲れているのか、それとも日付が気になるのかわかりませんが、いつもと様子が違うのは確かでした。

「どうかなさいましたか？」わたしが声を掛けると、女将さんはびっくりしたようにわたしのほうへ顔を向けました。

「愛子ちゃん、戻ったのね。びっくりさせないでよ」

「ごめんなさい。驚かせちゃいましたね……」

「いいのいいの。ちょっとね、考えごとしてたもんだから」そう言って、女将さんはベッドでうつぶせになりました。

どんな考えごとなのか、予想はつきました。女将さんの背中にタオルをのせ、いつ噂話について話を切り出そうか迷っていたときです。女将さんの口から小さなため息が聞こえました。

「うちの子たちから変なこと頼まれてない？」女将さんがわたしにそう尋ねてきました。

うちの子とは従業員のことです。女将らしい、親しみを込めた呼び方でした。

「え？　あ、はい……」

「やっぱり。ごめんね愛子ちゃん、気を遣わせちゃって」

「女将さん、本当なんでしょうか？　その……」わたしが言葉を濁していると、女将さんはフッと笑って「本当よ」と答えました。あまりにあっけなく真実がわかったので、わたしは戸惑ってしまいました。それを察してか、女将さんは内情を話し始めたのです。

「うちも古いし、改装したらって言われるんだけど、やっぱり嫌なのよ。死んだ主人との思い出がね、いっぱいつまってるの。それだけはいくらお金つぎ込んでも、元通りにならないでしょう？」

ご主人との思い出……こちらが照れそうなくらい、恥ずかしげもなくそう答えた女将さんは、とても純粋な人でした。

改装などせず旅館経営を維持してきた結果、この冬いっぱいで旅館を閉める決断をしたようです。

「まだうちの子たちには言わないで。近いうちわたしの口からちゃんと話すから」

「はい……」

「それとね、愛子ちゃんの再就職先も探してあげたいけど、この辺はどこも厳しいかも。東京に戻って探す気はない？　向こうのほうが仕事あるんじゃないの？」

女将さんからそう言われ、改めてわたしは自分が失業することを自覚したのです。この温泉街でマッサージ師の仕事に就ける保証はありません。とはいえ、わざわざ東京へ戻り仕事を探す気もありませんでした。

「まだ分かりませんけど、この温泉街で探してみようと思います」わたしは言いました。

「でも、ねぇ……」女将さんは何か言いたそうでしたが、それからしばらく黙ってしまいました。うつぶせになっている女将さんの表情をうかがい知ることはできませんでしたが、おそらくわたしの知らない深刻な表情が隠れていたのだと思います。

そしてわたしはいつもと変わりなく、女将さんにマッサージを始めました。

その日の夕方、わたしは旅館の近くに借りたアパートへ帰宅すると、これから先どうしたものかと考えました。縁もゆかりもないこの温泉街に、あてもなく東京からやってきたわたしでしたので、先のことなどまったく見当もつきません。

途方に暮れながら、テーブルの上に置いたダイレクトメールの束に目を通していました。そして一通の手紙を手にしたとき、わたしの胸は激しく高鳴りました。ひらがなで書かれた手紙の差出人は、わたしの息子、広樹《ひろき》でした。

「あなたにはもう、広樹を育てるのは無理ですよ」

姑のその言葉が、わたしが広樹のもとから去るきっかけでした。

広樹が二歳になった頃、わたしは育児ストレスに悩まされていました。原因はいろいろ考えられますが、日々の生活の疲れが溜まっていたのだと思います。やんちゃ盛りの広樹に、気づけば手を上げてしまうこともしばしばありました。いけないと分かっていても、身体が勝手に反応してしまうのです。

わたしの元夫、長岡貴文《ながおかたかふみ》は商社マンで毎日忙しい人でした。休日返上で出勤することもざらにあり、あまり育児に協力的ではなかったのです。わたしはわたしなりに、理解ある妻でいようと文句も言わずじっと耐えました。

しかし、それがいけませんでした――。

ある日、友人の紹介で病院の心療内科へ行くと、担当医から鬱病と診断されたのです。

広樹の保育園の送り迎えも姑に頼み、一日のほとんどを自室に引きこもる生活。

姑の目には、それがだらしなく映ったのでしょう。貴文と相談し、わたしに離婚を勧めるようになったのです。当時はわたし自身、まともに育児もできない自分に嫌気が差していましたので、言われるがまま離婚の申し出に従いました。

これで自分も、周りの人間も円満でいられると確信していたのです。

「ママ、行ってらっしゃい!」

家を出る日、何も知らない広樹がわたしに向かって元気に手を振りました。買い物にでも出かけ、すぐに戻ると思っていたのでしょう。そんな広樹を無視して、わたしはそのまま家を出たのです。罪悪感などありません。そのときは広樹の存在さえ、うとましく思っていたのですから。

取り返しのつかないことをしたと後悔するようになったのは、病気が回復したあとでした。

貴文が再婚したのです。

広樹が違う母親のもとで成長していく光景を想像すると、胸が苦しくなりました。かといって、わたしが母親として広樹に会う資格などありません。

そうした現実から逃げるように、独身時代に取得した『あん摩マッサージ指圧師』の資格が活かせるこの地で、しばらく働くことを決意したのです。


届いた手紙に、広樹がこの春から小学生になると書かれていました。

文面は貴文が書いていましたが、二言三言大きな文字で書いているのは広樹です。

『ひろきです』『こんにちは』

以前は簡単な絵しか描けなかったのに、早いものでもう字が書けるようになっていました。小学校に入ればどんどん知識も増え、漢字も書けるようになるでしょう。

そんな広樹の成長が、わたしの唯一の楽しみでした。

ランドセルを背負って学校へ通う広樹の姿を思い浮かべると、心がふわり軽くなります。

わたしが広樹と会うことなど許されないのは分かっています。けれどせめて、近況だけでも知らせて欲しいと貴文に頼んで始めたのが、この手紙の交換でした。

ただし条件があります。それは、決してわたしから手紙を送らないということでした。

広樹がいつか大人になったとき、この手紙を出し続けるか否かは広樹自身に選択させたいとの貴文の意見に、わたしは同意しました。至極まっとうな意見だと思いましたから。

つまりこの手紙のやりとりが終われば、広樹の母親であるわたしの役割も終わるのです――。

ある日の午後、『美山館』の従業員たち全員が宴会場に集められました。

呼び出したのは女将さんです。わたしは従業員から頼まれていた噂話の真偽の件を、なんとかはぐらかしてはいました。しかし皆一様に覚悟はしていたようで、落ち着いて女将さんの話を聞いていたと思います。

この冬を越せば、『美山館』が閉館します――。

女将さんからそう告げられました。従業員たちは最初こそ落ち着いていましたが、だんだん怒りと不安の矛先を女将さんへ向け始めたのです。なかには罵声を浴びせる従業員もいました。

「ごめんなさい、ごめんなさい……」

女将さんは土下座して何度も謝り続けました。『美山館』の閉館が一番辛いのは女将さんです。夫から引き継いだ大事な旅館を、あろうことか自らの手で閉ざしてしまったのですから。

もういいでしょう、わたしはたまらなくなりました。これ以上、女将さんを責めても仕方ありません。従業員たちもそれは理解しているはずです。

わたしはつい、土下座している女将さんのもとへ近寄りました。自分でもなぜそうしたのか分かりません。前に出て、従業員たちを説得するだけの言葉を持ち合わせているわけでもありませんでした。

ただ、頭を上げてくださいと頼みたかったのです。

「愛子ちゃん……?」

ようやく顔を上げた女将さんの目が、真っ赤に腫れています。どんなときも明るく気丈だった女将さんの涙を見た従業員たちは、もはやなにも言い返すことができなくなりました。

わたしは女将さんのそばで、静まり返った宴会場から従業員たちが去っていくのを眺めていました。そして最後の一人が出ていったとき、女将さんがぽつりとつぶやいたのです。

「旦那が生きててくれればね……」この弱気な言葉に、女将さんのこれまでの苦労が滲み出ていました。

わたしがもし、貴文や広樹と別れなかったら……と、考えそうになりましたが、あまりに不毛なのでやめました。

『美山館』の閉館が決まったあと、険悪なムードにならないかと心配でしたが、女将さんをはじめ、従業員たちは変わらずたんたんと日々の業務をこなしていました。春には失業してしまう従業員たちでしたが、女将さんの紹介で近隣の旅館に就職が決まった人もいます。

そしてわたしにも、再就職の話が舞い込んで来ました。

女将さんの知り合いが経営する整体院で、地元でも評判のいいところです。人を雇う余裕はなかったようですが、女将さんが懸命に頼み込んでくれたのです。短期契約であればという条件つきでしたが、女将さんの誠意に感謝するばかりです。

いつものマッサージ室で女将さんを指圧しながら、わたしはお礼を言いました。

「ありがとうございます。いいところに紹介していただいて」

「でも短期契約だからねぇ。あまりお勧めではないかな」

「いえ、仕事があるだけましですから」先のことは、またそのときに考えればいいのです。

「それより東京に戻らなくていいの？」

「え、東京？」

「お子さん、いるんでしょう？」

女将さんの思いがけない問いに、わたしは驚きを隠せませんでした。なぜなら、かつて自分が結婚し、子供がいたことを周りに話していなかったからです。

「どうして……」

すると女将さんは、申し訳なさそうに言いました。

「あの、悪気はないのよ？　前にこの部屋で愛子ちゃん待ってたときね、机にハガキが置いてあったの。それ見たら心配になっちゃってもう……」

そういえば、わたしはたまに広樹のハガキを職場で眺めていることがありました。おそらくそれを女将さんは見たのだと思います。

「お子さんは元気？　会いに行かなくていいの？」

「はい、いいんです……」

「水くさいよ、愛子ちゃんは。指圧するときは容赦ないのに。よかったら聞かせて、ね？」

わたしは迷いました。こんな身の上話を他人が聞いても、変に同情を誘うだけです。けれどこのときは女将さんぐらいしか、聞いてくれる人はいない気がしました。

そしてこのマッサージ室で、わたしがこの旅館へ来るに至るまでの経緯を洗いざらい女将さんに話したのです。

わたしの話を真剣に聞いてくれる女将さんは、深く頷き、時折唇を噛みしめたりしていました。こんなにも多弁になったのは、一体いつ以来か思い出せません。

わたしが話し終えると、女将さんは開口一番に言いました。

「主人とわたしとはね、再婚同士だったの。今で言うバツイチ？」

意外でした。てっきり初婚だと思い込んでいましたから。

「わたしは子供がいなかったけど、主人には連れ子がいてね。男の子なんだけど、結婚した当時は中学生だったかな？　これがまたぜんぜん懐かなくてね。主人が亡くなってからはもう連絡なし。この旅館が閉館することも知らないと思う。やっぱり心がつながる努力をしないとダメよ、あっという間に離れちゃうからね」

わたしはハッとしました。これまで広樹とつながる努力をしてきただろうかと。広樹の手紙を待ち、やりとりが終わる日を待っているだけでいいのだろうかと。

女将さんはわたしの目を見て言いました。

「愛子ちゃんには幸せになって欲しい。もちろん愛子ちゃんだけじゃないよ、うちの子たちみんなね」

仕事が終わり、買い物をして帰る途中、わたしのそばをちょうど広樹ぐらいの男の子が元気に走り過ぎていきました。そして次の瞬間、どこかで滑ったのか激しく転倒してしまったのです。

「だいじょうぶ？」声を掛けると、男の子は泣きそうな顔で頷き、痛そうに膝を押さえながら去っていきました。

一度、東京へ戻ってみようか……。

ふと、そんな考えが頭をよぎりました。

しかしもう、わたしは広樹の育ての母親ではありません。広樹の記憶に、わたしの顔が残っているかもわからない状態なのです。

それにわたしが帰っても、この温泉街へ来たばかりのときと同じく行き場はありません。わたしにできるのは、ただ手紙を待つことのみ。当然ながら、それだけではわたしが形として広樹に残せるものは何もないのです。おそらく、これからもずっと。

広樹との関係は放っておけば遠くなるだけで、ともすれば明日にも消えているかも知れません。そう思うと、わたしの胸は不安で一杯になりました。

どうにかならないかと思案したわたしは、一度だけ貴文との約束を破ることにしたのです。

アパートに着くと手早く荷物を片づけ、引き出しから便せんを取り出しました。わたしのペンを持つ手が緊張で震えていました。

そう、広樹へ手紙を書いたのです。

内容は広樹の入学のお祝いと、入学式の写真を送って欲しい、ただそれだけのごく簡素なものでした。また、ささやかな祝い金も一緒に封入しました。貴文は怒るかも知れませんが、女将さんの言う通り、わたしの心の欠片ひとつでも広樹の胸に刻みたかったのです。

将来いつかこの手紙が、広樹の手で読まれることを期待して――。

三月に入ると、『美山館』はいつもよりバタバタしていました。

閉館を聞きつけた常連客がこぞって訪れたのです。

予想外の混みように、女将さんをはじめ、従業員たち、そしてわたしも忙しく働いていました。女将さんのマッサージをする暇もありません。

ようやくその時間ができたのは、ピークが過ぎたちょうど三月中旬頃でしょうか。

しばらく揉んでいない女将さんの背中は、凝りでかなり固くなっています。わたしは腰周りを中心に指圧を施していきました。

「結局、東京には帰らないのね？」女将さんが言いました。

「はい。この街に残ります」

「いいのかい？」

「いいんです。わたしにできるのは、息子を遠くから見守ることだけですから」

そうなのです。わたしの根は今ここにしかなく、東京にはありません。

「そうだね。できることをやればいいよ」

「女将さんはこれからどうされるんですか？」

「わたし？　それより愛子ちゃん、ここ寝転びなさい」女将さんはそう言って、いま自分が寝転んでいるベッドを指差しました。

「え？」

「たまにはわたしが揉んであげる。あなたも凝ってるでしょうに」

するとお女将さんは半ば無理やりわたしをマッサージベッドに寝かすと、腰のあたりを揉んでくれたのです。思ってもいないことで驚きましたが、女将さんの指圧が意外に上手だったのでさらに驚きました。

「わたしも昔は、こうやってよく主人を揉んであげてたからね」

「ああ、それで……」

「さっきの話の続きね。わたしね、他の旅館で働くよ。この旅館の維持費だって払わなきゃいけないからね。担保に取られてたまりますか」

女将さんは、あくまでこの旅館を残すつもりでした。思い出とともにいつかは取り壊されるであろうこの旅館でも、できるだけ長くそのままにしておきたいのだそうです。女将さんにとって、この旅館は宝物、いえ、人生そのものなのです。

「どう？　でもずいぶん凝ってるねぇ、愛子ちゃん。もっと早くやってあげれば良かったね」

「気持ちいいですけど、なんだか不思議な感じです」

「今度は肩とか腰が凝ったら、わたしを呼んで。お互い男手が足りないから便利でしょ？」

笑いながらそう言ってくれる女将さんを、わたしはずっと指圧し続けたいと思いました。

旅館が閉館してもそれは変わりません。

「わたしが今度行く整体院、女将さん来ていただけますか？」

「もちろん行くよ、指名する。がんばってね」

がんばります、と返事をしようと思ったのですが、女将さんが背筋をギュッと強く揉んだせいで息がつまってしまいました。

「あ、ごめん痛くなかった？　なんかつい力が……」

「いえいえ。これぐらいのほうが身体に効きますから」

女将さんのちょっぴり痛くも優しい励ましに、わたしはつい頬が緩みました。

こうして残り少ない『美山館』での時間が、ゆっくり確実に流れていったのです。


三月の下旬頃。その日も宿泊客が多く、慌ただしい一日でした。十人以上のマッサージを担当し、仕事が終わったあともクタクタです。

夜遅くに帰宅すると、一枚の封筒が届いていました。

差出人は貴文です。

やはりこのあいだ送った広樹への手紙が、貴文は気にいらなかったのでしょうか？

わたしは思い切って封を開けました。すると手紙と一緒に封入したはずの、入学祝いのお金が入っていたのです。

それを見たとき、手紙を送ったことを後悔しました。もう、わたしから広樹に繋がるのは許されないはず。ほんのわずかな心の高ぶりで、貴文との約束を破った自分をとても情けなく思いました。

失敗したな、そう思いながらわたしは、おずおずと貴文の手紙に目を通しました。

けれどその内容は、予想と大きく異なっていたのです。

愛子へ

お元気でしょうか?

いきなり君から手紙が届いたので驚きました。何か悪いことでもあったのかと思いましたが、何事もなくとりあえず安心しました。

そして、広樹の入学を祝ってくれてありがとう。ちょうど昨日、広樹にランドセルを買ってやったところです。でもあまり嬉しそうじゃなくてね、これから小学生といわれても、まだピンとこないのかも知れません。

ここで僕から提案があるのですが、広樹の入学式へ来ませんか?

今まで約束を守ってきた君が手紙を送るなんて、何か考えるところがあったんだと思います。それは僕にはわかりません。だけど広樹が大人になる前に、もう一度ぐらい会う機会があってもいいんじゃないかなと思ったのです。

どうでしょう？　もし君が嫌でなければ、広樹の入学式を見守ってやってくれませんか？　だから君がくれた広樹への入学祝い金は返します。もし来てくれるようなら、東京への交通費として使ってください。

心配はいりません。一日だけの約束で、妻に話は通してあります。

せっかくの機会だから、広樹と一緒に写真でも撮りましょう。

良い返事をお待ちしています。

それではまた。

貴文

なにかの間違いかと思い、わたしは何度も読み直しました。けれど何度読んでも、間違いではありません。

わたしを一日だけ、広樹のそばへ迎えてくれるというのです。

これは貴文のささやかな温情でした。


広樹に会える……。

あれだけ夢見たランドセルを背負った広樹と会えるのです。

抱きしめることができなくてもいい、ママと呼んでくれなくてもいい、どうか元気なその姿を見せてください——。


ようやく待ちわびた春が、去年までと違った春がわたしに訪れた気がしました。

うさぎ当番をひとりでやるのは、特別にうさぎが好きだからではない。毎週木曜日は四班のメンバー全員でやるはずなのに、奈緒《なお》の他に誰も来ないからだ。みんな木曜日は塾だとか、家の用事ができたとか言ってさっさと帰ってしまう。それなのに帰り道で普通に遊んでいるのを見かけると、奈緒はやっぱりちょっと腹も立ったし、悲しかった。

けれど奈緒はそんなことを先生に告げ口したりはしない。四班のメンバーだけじゃなく、四年二組のクラスの友達、特に女子から、このごろ仲間外れにされることが多いからだ。この上、告げ口する子だなんて言われたら、もう本当に学校へ来る勇気がゼロになってしまう。

うさぎはかわいかったし、真っ白の綿毛の赤ちゃんが五匹も生まれたばかりで、にぎやかで楽しい。通りがかった保健室の青木先生が、

「うさぎは『匹』じゃなくて『羽《わ》』で数えるのよ」

なんて教えてくれたりもした。どうして昔の人は、うさぎを羽で数えたりしたのだろう。長

い耳が、鳥の羽根みたいに見えたんだろうか、などと思いながら、奈緒は今日も新しいキャベツをちぎって餌箱に入れ、箒で小屋を掃除した。

十一月になってますます日が短くなり、もうあたりは薄暗い。奈緒は急いで学校を出た。保育園へ弟の幸司《こうじ》を迎えに行って、そのまま幸司と一緒にお父さんの病院へ行く。奈緒は校舎の壁にある丸い時計を見上げて走り出した。

奈緒のお父さんは半年くらい前から病気で入院している。それでお母さんが働きに行くようになって、家の中は少しさびしい。でもお母さんはいつも、「お父さんが元気になるまでの、ほんのちょっとの間だけだから頑張ろうね」と言った。お母さんは街で一番大きなスーパーマーケットのレジで働いていて、仕事の終わる時間が早かったり遅かったりする。スーパーは深夜十二時まで営業しているから、レジもパートの人が交替で入らなければならない。

夏休みまでは奈緒たちのために、お母さんは夕方までしか働かなかったけれど、奈緒は夏休みの間に、お母さんからいろんなことを教わって、家の仕事を手伝えるようになった。だから二学期からお母さんは、夜遅くまで働く日も多くなった。そんな日は、奈緒は幸司を迎えに行って、お母さんの用意してくれている夕飯をふたりで食べ、お風呂に入って寝た。

お母さんは心配してあまり喜ばなかったけれど、奈緒はときどき幸司を連れて、学校の帰りふたりだけでお父さんの病院へ行った。お母さんはほとんど毎日仕事のあと、ほんのちょっとでもお父さんの病院へ行っている。でも仕事が遅い日は病院の面会時間が過ぎてしまっているから、そんな日は代わりに奈緒が、お父さんの所へ行ってあげたいと思ったのだ。

病院は家からバスで六つ目の停留所の「総合病院前」で降りるだけだから迷うことはないし、自転車でも行けるけれど、お母さんは、子供がふたりだけで行くのを心配した。でも四年生にもなれば、夜のかなり遅い時間まで塾に行っている子だっている。奈緒はしっかりと幸司の手を握って、病院へ通った。

奈緒と幸司の顔を見ると、お父さんはほんとにうれしそうに笑った。奈緒はいろいろなことを、面会時間終了の夜八時ぎりぎりまでお父さんに話した。お父さんも帰り道を心配して早く帰るように言ったけれど、それでもやっぱり、

「夜に目が覚めると、さびしくて嫌になるよ」

と言った。そんなお父さんを見ると、やっぱりなんとしてもお父さんに会いに来てあげよう、少しでも長くそばにいてあげようと奈緒は思う。

お父さんが入院するまでは、奈緒はお父さんみたいなおとなは、さびしい気持ちになんかならないのだろうと思っていた。元気なころのお父さんはいつも奈緒や幸司の話を沢山聞いてくれて、面白いことを言って笑わせてくれた。だけど入院してからのお父さんを見て、おとなの男の人だってやっぱりさびしいのだと奈緒は知った。奈緒と幸司がさびしい思いをしているの

と同じように、もしかしたらもっと、お父さんはさびしいのだ。お父さんはいつも、奈緒と幸司の顔を見た日は、とてもよく眠れるのだと言った。

八時になると面会に来ていた人たちが一斉に帰り始める。ほとんどの人が車で来ていて、病院から出ると、奈緒と幸司はすぐにふたりっきりで取り残されたようになってしまう。幸司の手を引いて暗いバス停でバスを待つのは、やっぱりとても心細かった。なかなかバスが来ないこともあったし、幸司はバスの中でしょっちゅう眠ってしまい、起こすのが大変だった。うっかり奈緒も眠ってしまい、ひとつ乗り過ごしたバス停から歩いて帰ったこともあった。

そんなある日、同じようにバスに乗っていると、なんと担任の山田孝弘《たかひろ》先生が乗ってきて、奈緒たちに気づいた。こんな夜遅くに子供だけでどうしたのかと聞かれたので、入院しているお父さんの所へ、働いているお母さんの代わりにお手伝いで行っているのだと奈緒は言った。それでもなんだか、お母さんが子供にそんなことをさせていると先生に思われてしまう気がして、お母さんは心配して行かなくてもいいと言っているのだけれど……と、奈緒は先生に話した。うんうんとうなずいて聞いてくれる先生に、お父さんがさびしそうだから行ってあげたいと思う気持ちを一生懸命話しているうち、なんだか急に涙が出てきてしまった。張りつめていた気持ちが緩んだみたいになって、我慢しようとしても涙が止まらない。すると先生は奈緒の頭をゴシゴシと撫でてくれて、ポケットからハンカチを出して涙を拭いてくれた。それから眠ってしまっている幸司を抱いて一緒にバスを降り、家のすぐ近くまで送ってくれた。まだ寝ぼけている幸司と一緒に先生に手を振りながら、奈緒は四年生にもなって泣いてしまったのが恥ずかしかった。お母さんの前でも幸司の前でも泣いたことなどなかったのに、先生の前で急に泣けてきたのが不思議だった。でも泣いたあと、なんだか心が軽くなったみたいに感じた。またちょっと、新しい勇気が湧いてくる気がした。

それから何日かが過ぎて道徳の時間に、家族で助け合うことを話し合ったとき、奈緒とバスの中で会った日のことを先生がみんなに話した。家族が大変なときにしっかり手伝って、家族を思う奈緒の優しい気持ちに先生は感心したとほめてくれて、奈緒はとてもびっくりした。先生が感心するほどのことをしているという気持ちは全然なかったし、奈緒はただ、お父さんがちょっとでもさびしくないように会いに行っているだけなのにと、こそばゆい気がした。

ところがそれから奈緒は、クラスの女子から「悲劇のヒロイン気取り」みたいなことを言われるようになった。奈緒は自分の家が今、悲劇だと思ったこともなかったし、そんなものを気取るつもりもなかった。一日でも早くみんなの家と同じように、お父さんが元気になって退院してほしいと思っているのに、どうしてそんなことを言われるのかわからなかった。先生がみんなの前で自分をほめ過ぎたんだと、それがうらめしかった。特に学級委員の坂崎君が、

「奈緒、俺も応援するから、がんばれ」
と立ち上がって言ってくれたのがまずかった。坂崎君はクラスでは女子に一番人気があって、特に女子の学級委員の紗枝《さえ》ちゃんが坂崎君を好きなのは、女子全員が知っていることだったからだ。

「うさぎ当番だって、優しい気持ちの人がやればいいんじゃない？　杉浦さんは家族思いで、とっても優しいんだから」

その日、うさぎ当番に四班のメンバーで行こうとしたとき、紗枝ちゃんはそう言った。みんなも顔を見合わせながらうなずいた。紗枝ちゃんは勉強もよくできるし、走るのも速い。いつもはきはき意見を言ってだれも紗枝ちゃんに「おかしいよ」なんて言えない感じだった。みんなは申し訳なさそうに、木曜日はいろいろ忙しいと言い訳したりしながら、来なくなってしまった。だからそれからずっとうさぎ当番は、奈緒がひとりでやっている。

幸司を連れて病院に着くと、お父さんの顔色がいつもよりちょっと蒼いような気がした。お母さんの仕事がしばらく早くて、奈緒は先週一週間病院へ来ていなかったからそんな気がするのかなと思ったが、やっぱりちょっと痩せたように見える。でもお父さんはいつも通りの笑顔で、奈緒と幸司に、

「学校や保育園の、何か面白い話をしてくれよ」

と言った。

いつもなら、あんまり面白い話なんかなくて困ってしまうのだが、奈緒は今日、お父さんに冬実《ふゆみ》ちゃんの話をしたくてワクワクしていた。だって冬実ちゃんは今日から奈緒のクラスに来た転校生で、奈緒のお父さんの故郷である東北の同じ街から転校してきたのだ。

「根本冬実とぉ、言いますぅ」

冬実ちゃんは先生が紹介したあと、大きな声で言って頭をぺこりと下げた。ふっくらしたほっぺたがちょっと赤くて、前髪がまっすぐに切りそろえられていた。冬実ちゃんの話す言葉は、お父さんが電話でいなかのおばあちゃんと話しているときの言葉とそっくりだった。なんだか懐かしくて、温かい気持ちになる言葉。奈緒はうれしくなって冬実ちゃんを見つめた。でも冬実ちゃんは困った顔でクラスを見回した。クラスの中でちょっと、笑い声が起こったのだ。冬実ちゃんは黙って下を向いてしまったけれど、それからすぐに、きりりと顔を上げて言った。

「私、東京来るって決まったときぃ、やっぱり言葉、なまってるかなと思ったんだけど、それは仕方ないんで、よろしぃく、お願いします」

冬実ちゃんはまた勢いよくぺこりと頭を下げた。たぶん奈緒より背の低い冬実ちゃんなのに、なんだかすごく大きく見えた。知らない子ばかりの教室で、いきなりそんなことが言えてしまう冬実ちゃんはほんとにすごいと、奈緒はびっくりした。冬実ちゃんはお辞儀をしたあと、「でへへ」と頭をかいて笑ったので、一気に教室中が沸いた。先生が、

「じゃあ席は、一番後ろの、杉浦さんのとなりね」

と言ったので、奈緒はとてもうれしかった。笑って歩いてくる冬実ちゃんに、奈緒も精一杯笑いかけた。冬実ちゃんは奈緒のとなりの席に座って、今度は奈緒だけに、

「よろしぃく、お願いしますね」

と言った。それだけでもう、奈緒は冬実ちゃんを大好きになっていた。

お父さんは奈緒の話を楽しそうにうなずいて聞いてくれた。だけどとても調子が悪そうで、途中からベッドで目を閉じてしまった。奈緒は心配でお父さんの手を握った。お父さんは奈緒の手と幸司の手を握り返して、少し笑ってくれた。

次の日、奈緒と冬実ちゃんは、もうすごく仲良くなっていた。家の方向も同じで、放課後も一緒に帰った。今日は五班がうさぎの世話をしているうさぎ小屋の前で、

「わあ、めんこいなあ」

と言って冬実ちゃんはフェンスに駆け寄った。奈緒が、

「冬実ちゃん、四班の当番は木曜日だから、来週一緒に世話してくれる?」

と聞くと、

「うん、うん、やる、やる」

と目を輝かせた。それから、

「雪うさぎ、懐かしいなあ……」

と言った。

「雪うさぎ?」

奈緒が聞くと、冬実ちゃんはうなずいて、いろんなことを話してくれた。

冬実ちゃんが言った「雪うさぎ」というのは、冬実ちゃんが毎日見ていた故郷の山に、春になるとくっきり表れるうさぎの形の雪なのだそうだ。富士山のようなきれいな形の山に一面真っ白に積もった雪が、春になってだんだんとけて、白いうさぎのような形になると、農家の人がみんなそろそろ田んぼに苗を植える準備をし始める。「雪うさぎ」は毎年同じ形に山の表面に現れるから、春を待ち遠しく思っているみんなが毎日山を見上げて、この「雪うさぎ」を待っているのだ。

奈緒は山にくっきりと見えるその白いうさぎを想像してみた。お父さんもその「雪うさぎ」を知っているだろうか。

「でもね、本当に雪うさぎ、積もった雪で作ったりもするんだよ」

それから冬実ちゃんは、雪が降るとよく作った小さな雪のうさぎのことを話してくれた。真っ白の雪は本当にうさぎみたいで、長い耳には緑の葉っぱを差して、眼は赤い南天の実を使う。冬でもまっ赤に実る南天の実みたいに元気に育つようにと、冬に生まれた冬実ちゃんの名前は、おばあちゃんがつけてくれたのだと言った。

「みんなが待っている雪うさぎ、南天の実、富士山みたいな山……」

冬実ちゃんと道で別れてからも、奈緒は冬実ちゃんが話してくれたことを忘れないように、ぶつぶつ口の中で呟きながら家に帰った。今度お父さんに会うとき、この話をしてみようと決めていた。

今日はお母さんの仕事が休みで、家にいるはずだった。でも帰ってみると家には誰もいなくて、テーブルの上にお母さんの書いた手紙があった。

「おねえちゃん、おかえり。病院から電話があったので、お母さんは急に行かないといけなくなりました。保育園へ幸ちゃんを迎えに行ってください。家で待っていてね、電話します」

奈緒はドキドキした。お父さんに何かあったのだろうかと思った。けれど今は幸司を迎えに行かなければいけない。「落ち着いて、落ち着いて」と奈緒は自分に言い聞かせた。

「雪うさぎ、南天の実、富士山みたいな山……」

奈緒はまた口の中で呟きながら保育園へ向かった。お父さんに話すことを忘れないために。きっとこの話を、お父さんにするために。

夜遅くになって、お母さんは帰ってきた。奈緒は幸司ともう布団に入っていたけれど、すぐに気が付いてお母さんのところへ行った。お母さんは疲れた顔をしていたけれど、それでもすぐに笑ってくれた。

「もう大丈夫よ。奈緒も幸ちゃんも、日曜日には会いに行けるから」

奈緒はほっとして、お母さんを強く抱きしめた。

次の日、放課後になって冬実ちゃんが言った。

「早く春にならないかなあ……」

「どうして？」

奈緒が聞くと、冬実ちゃんは「春になったら故郷に帰れるから」と言った。奈緒は黙っていたけれど、本当は心の中でとても驚いていた。冬実ちゃんがいなくなってしまうなんて思いもしていなかったからだ。

「冬実とお母さんはね、本当はお父さんと一緒にいたいけど、お父さんは春までに仕事を探すんだって。そしたらまた、私とお母さんと、お父さんのところに戻って一緒に暮らせるの……

だから……春までの辛抱なんだ、春までの……」

冬実ちゃんのお父さんは東北の街でお米を作る農家だったけれど、大きな地震が起きて田んぼからも家からも、離れなければならなくなったのだと冬実ちゃんは言った。

「今は、別の街の小さな家で、お父さんとじいちゃんとばっちゃんが暮らしてる。だからお父さんは田んぼより、早くみんなで暮らそうって、もっと大きな街のお友達のところでトラックを運転する仕事をやり始めているの」

「そうか……早く春になるといいね」

奈緒がそう言うと、冬実ちゃんは笑って何度もうなずいた。それから奈緒は小さく呟いた。

「春までか……」

「え？　なに？」

冬実ちゃんが聞いたけど、奈緒は首を振って笑って言った。

「冬実ちゃん、今日、うさぎ当番だよ」

冬実ちゃんは「あ、そうか」と笑ってうなずいた。


子うさぎたちは毎週見るたびに大きくなっている気がする。冬実ちゃんがうさぎを抱っこしてばかりなので、なかなか掃除できなくておかしくて笑っていたら、

「根本さん、うさぎ当番なんてやらなくても、杉浦さんがいつも一人でやってくれるのに」

という声がした。

「そうよ、杉浦さんはうさぎが大好きでとっても優しいんだもの。根本さん、一緒に帰ろう」

同じ四班の紗枝ちゃんと優子ちゃんだった。奈緒はドキドキしてうつむいて黙ってしまった。

冬実ちゃんは奈緒を見て、それから紗枝ちゃんと優子ちゃんを見て言った。

「どうして四班みんなでやらないの？　奈緒ちゃんひとりでやって、おかしぃくないの？」

冬実ちゃんが怒った顔で言うと、紗枝ちゃんが、

「おかしぃくないの？」

と冬実ちゃんの口調を真似た。嫌な感じだった。紗枝ちゃんと優子ちゃんはまた笑いながら行ってしまった。

「……冬実ちゃん、ごめんね、私と一緒にいるから、冬実ちゃんまで……」

奈緒が言うと、

「大丈夫だよ。めんこいうさぎと楽しそうに遊んでたから、きっとうらやましかったんだよ」

と、冬実ちゃんは笑って言った。

冬の間、冬実ちゃんといると奈緒はとても元気が出た。冬実ちゃんはなにをするにも堂々としていて、クラスの中でもどんどん人気者になっていった。冬実ちゃんにみんなが話しかける

から、いつの間にか奈緒も仲間外れじゃなくなっていた。だけど冬実ちゃんがいなくなったらまた、つらい毎日が来るのかなと奈緒はぼんやり考えていた。春なんかほんとは来てほしくなかった。冬実ちゃんには言えなかったけれど。

次の週のうさぎ当番の日の放課後、奈緒が今日も当番のあと、お父さんの病院へ行くのだと言うと、冬実ちゃんは言った。

「じゃあ今日はうさぎ当番を私がやっとくから、奈緒ちゃんちょっとでも早く病院へ行きなよ。だって、お父さんきっと、待ってるよ」

「え？　だけど、そんなわけには……」

奈緒が迷っていると冬実ちゃんがまた言った。

「今まで何回もひとりでやってきたんだもん。今日は私、紗枝ちゃんに手伝ってもらうから」

紗枝ちゃんが振り向いて、すごく嫌な顔をした。

「紗枝ちゃん、今までやってなかった分、今日はやろうよ。奈緒ちゃんは病院でお父さんが待ってるんだから」

紗枝ちゃんは冬実ちゃんを見て、それから奈緒をじっと見て、大きな声で言った。

「待ってる、待ってるって、バカみたい！」

紗枝ちゃんはそのまま走って教室を出て行った。奈緒はちょっとびっくりして、走って行く紗枝ちゃんを見送った。紗枝ちゃんは大きな声で叫んでいるのに、なんだかとてもさびしそうな顔をしていて、もうどうしても我慢できなくて、泣いているみたいに見えたからだ。

新しい年が来てもお父さんの病気は良くならなかった。奈緒はお父さんがよく眠れるように、いままでよりもっと幸司と病院へ行った。

その日も面会時間ぎりぎりまで病院にいたから、バスに乗ったのはもう八時半に近かった。信号待ちのとき、窓から暗くなった外を見たら、バス通りに面したコンビニの前に、紗枝ちゃんがいるのが見えた。紗枝ちゃんはこの頃、ときどき学校を休むようになっていた。だけど紗枝ちゃんがどうして休んでいるのか、知っている友達はいないようだった。誰も紗枝ちゃんの家へ誘いに行ったり、心配したりもしていなかった。

そして奈緒も、心の底で紗枝ちゃんが来ない日はなんだか少しホッとしていた。来ない日が多くなると、ちょっとだけうれしい気持ちになった。

紗枝ちゃんは何人もの中学生くらいの子と一緒にいた。コンビニの灯りに照らされたその中学生の中には、髪の毛を染めた女子もいたし、背が大人みたいに高い男子もいた。

奈緒は窓から紗枝ちゃんをじっと見た。紗枝ちゃんの周りには小学生の友達はいないみたいで、中学生に取り囲まれているように見えた。紗枝ちゃんはうつむいて、泣いているんじゃないかと思った。奈緒は、紗枝ちゃんが教室を走って出て行った日の泣き顔を思い出した。今も紗枝ちゃんは、あんな顔をして泣いているのかもしれない。中学生の陰になってしまった背中も、あの日と同じようにやっぱりすごくさびしそうで、バスが動き出した途端、奈緒はたまらなくなって降車合図のベルを押していた。うとうとしている幸司を起こし、夢中で次のバス停で降りた。

コンビニまで行く途中、心臓がドキドキ鳴っているのが聞こえた。幸司のことも守らなきゃいけないと思うと、息も苦しくなってくる。けれど奈緒は紗枝ちゃんのことを放っておけなかった。どうにかしなきゃいけない。

八時半くらいの街は、まだ通りを沢山の人が歩いていた。奈緒は本当にドキドキして倒れそうだったけれど、幸司の手をしっかりと握って、紗枝ちゃんに近づいて行った。

「紗枝ちゃん、なにしてるの?」

奈緒の声に紗枝ちゃんが奈緒を見た。びっくりした目をして周りの中学生を見回した。中学生たちが奈緒を見た。不思議と次の言葉が出た。

「お母さんとコンビニに来たの。お母さんの車、乗って行く?」

奈緒はコンビニの中を指さして言った。紗枝ちゃんの腕を握っていた女子中学生が手を放すと、紗枝ちゃんが奈緒のところへ来た。そして小さな声で言った。

「うん……乗せてもらう……」

コンビニのかたすみで、紗枝ちゃんは家に帰っても誰もいないのだと言った。紗枝ちゃんのお父さんとお母さんは去年の夏に離婚して、お母さんも帰ってこない夜があるとだけ言った。奈緒の顔をほとんど紗枝ちゃんは見なかったけれど、コンビニの灯りですっかり目の覚めた幸司に、紗枝ちゃんは少しずつ話しかけ、幸司が紗枝ちゃんと手をつなぐと、ちょっと恥ずかしそうに手をつないで笑った。

それから中学生に見つからないように気をつけながらバスを待って、紗枝ちゃんは家に帰った。奈緒は紗枝ちゃんに、「明日、うさぎ当番だよ」とだけ言った。

次の日、紗枝ちゃんはうさぎ当番に来た。冬実ちゃんはびっくりしたけれど、いろいろ聞いたりはしなかった。紗枝ちゃんはあまりしゃべらなかったけれど、冬実ちゃんと一緒に子うさぎをだっこしてばっかりで、やっぱり掃除はなかなか終わらなかった。奈緒はキャベツをちぎりながら、風が少し暖かくなった気がした。紗枝ちゃんが時々笑って、空気の中に春の匂いが混ざっているみたいに思えた。とてもうれしい気持ちになったけれど、その春の匂いのする風は、冬実ちゃんがいつ帰ってしまうのか、心配な風だった。

「ああ、なんだかもうそろそろ、雪うさぎが、田んぼつくるの待ってる気がするなあ……」

子うさぎを抱きしめながら、急に冬実ちゃんが言った。冬実ちゃんは奈緒が見ているのも気づかず、ずっとはるか北の方を見ているみたいだった。紗枝ちゃんが聞いた。

「何が……待ってるの？」

すると冬実ちゃんは、春になると山に雪うさぎが見える話をした。みんな田んぼの準備をするのを待っている。それから、冬実ちゃんは言った。

「お父さんとじいちゃんとばっちゃん、みんなまた、一緒に住める日を、冬実とお母さんが戻って来る日を待ってるの」

「いいなあ……誰か、待っててくれて」

紗枝ちゃんがうつむいて、小さな声で言った。奈緒はドキリとした。紗枝ちゃんは家にひとりぼっちなのだ。教室から泣き顔で走って行った日も、コンビニで会った夜も、紗枝ちゃんの家には誰もいなかったのだろう。誰も紗枝ちゃんを待っていなかったのだ。冬実ちゃんもちょっと悲しい顔になって、小さい声で言った。

「誰かが待っててくれないと……帰れないもんね……」

でもそれから冬実ちゃんは、パッと笑顔になって紗枝ちゃんに言った。

「そうだ、これからお父さんが働きながら少しずつ田んぼをなおして、それからお米を作れるようになったら、私きっと奈緒ちゃんと紗枝ちゃんを家に招待する。だから、私が、ふたりを待ってる。私が、奈緒ちゃんと紗枝ちゃんを、故郷の街で待ってるから。だから奈緒ちゃんと紗枝ちゃんも、壊れた田んぼがなおるのを、待っていて」

冬実ちゃんは奈緒と、紗枝ちゃんの手を自分の手に重ねた。紗枝ちゃんは冬実ちゃんと奈緒を見て、それから手を放して子うさぎをぎゅっと抱きしめて顔を隠した。奈緒も本当は泣きたい気持ちだった。冬実ちゃんがいなくなる日が、春がもうすぐそこまで来ているのがわかった。

週末は少し調子のいいお父さんが、一泊か二泊でうちに帰ってくることになっていた。奈緒も幸司もその日をもうずっと前から楽しみにしていた。

なのに木曜の夜から、奈緒が急に熱を出してしまい、お父さんの帰宅は先延ばしになった。お父さんの帰ってくるのを誰より楽しみにしていた奈緒は、自分のせいでお父さんが帰ってこられなくなって、悲しくて泣いてしまった。こっちの部屋へ来ちゃいけないと言われている幸司の泣いている声が聞こえてきた。お母さんがなだめても幸司はなかなか泣きやまなかった。幸司もずっといっぱい我慢してきたんだなと思うと、奈緒はもっと悲しくなった。

夜中になって奈緒の熱はどんどん上がり、いくつもいくつも夢を見た。夢を見ては目が覚め、また眠った。目が覚めるたび、苦しくて、悲しくて奈緒はそばにいてくれるお母さんの手をギュッと握った。そのたびにお母さんはすぐに奈緒の頭を撫でてくれて安心できたけれど、奈緒はぼんやりと、お父さんは毎日こんなふうにさびしいのだろうかと思った。こんなに悲しいのにひとりぼっちなんだなと思って、眠りながらまた泣いた。

金曜日は学校を休み、週末が過ぎて月曜の朝になってやっと、奈緒の熱は下がった。身体の関節がまだ痛かったけれど、お腹の底に少し力が湧いてきた気がした。お母さんが、

「昨日から雪が降って、外は真っ白よ」

と言って窓のカーテンを開けてくれた。真っ白で眩しくて奈緒は眼をぱちぱちした。

部屋に入っちゃダメとお母さんに言われていた幸司が、保育園へ行く前にちょっとだけ顔を出した。布団の中の奈緒が笑うと、なんだか恥ずかしそうにするのがおかしかった。幸司が言った。

「おねえちゃん、お外の雪の中に、うさぎさんがいるの」

奈緒は真っ白の雪を見て、幸司がうさぎみたいだと思ったのかなと思った。

「うさぎさんのおめめはね、赤い実、ついてるの」

奈緒は冬実ちゃんの言った雪うさぎを思い出していた。赤い南天の実。奈緒は胸がざわざわして、幸司に聞いた。

「雪のうさぎさん、どこにいるの？」

幸司は指差して言った。

「おうちのね、門のところ」

奈緒はガバッと起き上がって玄関のドアを開けた。お母さんが急いで奈緒を毛布で包んだ。

家の門をちょっとだけ入った場所に、小さな雪うさぎがいた。目には赤い南天の実がくっつけられている。うちには南天の木はないから、冬実ちゃんに違いなかった。冬実ちゃんはどこかから実を持ってきて、ここで雪うさぎを作ってくれたのだ。

門の外には冬実ちゃんの足跡が残っていた。冬実ちゃんの足跡と一緒に、もっと大きなおとなの足跡も、並んで雪の上についていた。その足跡は門の外へ出て続き、その先に大きな車が止まっていたような、タイヤの跡が残っていた。お母さんが言った。

「トラックみたいな車に乗って、帰って行ったのかしら」

「冬実ちゃんのお父さん、トラックの運転のお仕事、しているの」

奈緒は土日にお父さんが、冬実ちゃんに会いに来たのかなと思った。奈緒はお父さんに会えなかったけれど、冬実ちゃんはお父さんに会えたんだなと思うと、なんだかうれしくなった。

家の門を振り返ると、学校へ行く途中の紗枝ちゃんが、そっと門の中をのぞいていた。お母さんが、

「お友達が心配して来てくれたのね」

と、奈緒に笑った。奈緒が紗枝ちゃんを呼ぶと、紗枝ちゃんは奈緒のところへ走ってきた。

「奈緒ちゃん、冬実ちゃんが、帰って行っちゃった」

「え？」

「お父さんのトラックが、土日で東京へ来るから、学校は今日で終わりって金曜日に。急に決まったからみんなびっくりして……」

奈緒は紗枝ちゃんと並んで冬実ちゃんの雪うさぎを見た。紗枝ちゃんは手袋をした手で雪うさぎを何度か撫でた。奈緒もそっと雪うさぎに触れてみた。丸くなめらかなうさぎの背中には、丁寧に雪を固めた指の跡が少し、残っていた。きっと昨日の夜、トラックで故郷の街へ帰る前に、冬実ちゃんとお父さんはトラックを降り、銀色に光る雪の上を歩いてふたりでそっと、奈緒のために雪うさぎを作ってくれたのだ。

「冬実ちゃん、待っててくれるって言ったねえ」

紗枝ちゃんはそれだけ言った。そうだ、冬実ちゃんは待っててくれる。それから私と紗枝ちゃんも待っている。雪うさぎの見える山のふもとの、雪うさぎをみんなが待っている街へ行くのを。

「山に雪うさぎ、もう見えてるかなあ……」

奈緒が言うと、紗枝ちゃんもコクリと頷いた。

あーちゃんのひな祭り

立春を過ぎても寒い日が続いていたけれど、次第に梅がほころび、桃のつぼみが色づき始め、日一日と春の気配が感じられるようになってきた。

今年もまたひな祭りが訪れる。

陽《ひ》だまりの暖かな午後、桜井加奈子はリビングの窓を薄く開けると、ひな人形の箱を運びこんだ。ふたを開けると、薄紙に包まれたひな人形が行儀よく並んでいる。三年前、娘のために購入した五段飾りのひな人形だ。

「ただいまぁ」

元気な声が玄関で響いたかと思うと、息子の良太が勢いよくリビングに飛びこんできた。

「あ、おひなさまだ。あーちゃんのおひなさま」

良太は声を弾ませると、そっと加奈子の隣りに座って、箱の中を覗きこんだ。

初めてひな人形を飾ったとき、良太はまだ五つだった。腕白盛りの息子はひな人形を無雑作に掴もうとしたり、飾ってあるすぐそばで戦闘隊ごっこをしたり、何度も加奈子をはらはらさせた。

——おひなさまはね、優しくしてあげないとすぐ壊れちゃうの。おひなさまが壊れちゃったら、あーちゃんが泣いちゃうよ。

妹の誕生を楽しみにしていた良太は、それ以来おひなさまの前ではびっくりするほどいい子になった。小学二年生になったいまは、すっかり頼もしいお兄ちゃんだ。

「おひなさまを飾るんだね。ぼくも手伝う」

「だったら手を洗ってらっしゃい。汚しちゃいけないから」

「うん、待ってて」

良太はランドセルを下ろすと、急いで洗面所に駆けていった。

赤ちゃんが生まれてくると知ったとき、夫の英一以上に大喜びしたのは良太だったかもしれない。加奈子はそんなふうに覚えている。幼稚園や近所の友達に弟や妹のいる子が多かったためだろう。

「ぼく、お兄ちゃんになるんだね？　赤ちゃんといっぱい遊んであげる」

良太は何度もくり返し、赤ちゃんに貸してあげると加奈子の前におもちゃを並べた。

「赤ちゃん、まだ生まれないの？　いつ生まれてくるの？」

「来年の六月よ。良太が年長さんになったらね」

「ぼく早くお兄ちゃんになりたい。ママ、もっと早く赤ちゃん産んでよ」

無理なおねだりをして、加奈子を困らせることもあった。

「赤ちゃん、おはよう」

「赤ちゃん、今日も元気ですかぁ？」

加奈子を真似て、良太は大きくなってゆくお腹に話しかけるようになった。日に何度も呼びかけるうち、「赤ちゃん」はいつしか「あーちゃん」になった。

「ねえパパ。ぼく、あーちゃんと一緒に幼稚園に行きたい。行けるよね？」

日曜日。昼近くなって起きてきた英一はいきなり良太に問われて、きょとんとしてしまった。食品会社に勤めている英一は、その頃新商品の発売キャンペーンに追われ、帰りの遅い日が続いていた。加奈子とゆっくり話す時間もなかったから、赤ちゃんに「あーちゃん」と呼び名がついたことを知らなかった。

「あーちゃん？　どこのうちの子だ？」

「あーちゃん、うちの子になるんじゃないの？　よそんちの子になっちゃうの？」

良太はびっくりして泣き出してしまった。加奈子から「あーちゃん」は友達ではなく「赤ちゃん」のことだと教えられ、英一は慌ててなだめにかかった。

「良太はお兄ちゃんになるんだろ。泣いてちゃ、あーちゃんに笑われちゃうぞ」

言われた途端、良太はぴたりと泣き止んで、英一や加奈子を驚かせた。

「あーちゃん」は魔法の言葉だった。スーパーでお菓子を買ってと駄々をこねたときも、好き嫌いをしてピーマンやにんじんを残そうとしたときも、「あーちゃんに笑われちゃうよ」と言えば途端に聞き分けが良くなった。

「あーちゃんに見せてあげるんだ」と運動会のダンスも一生懸命に練習した。

あーちゃんが女の子だと分かったとき、英一が提案した。

「良太もすっかり呼び慣れてるし、『あ』で始まる名前にしないか」

「うん、それがいいわ」

暁美、明菜、愛子、亜弓、晶子、あかり、杏、明日香、あずさ、綾香、麻子、歩美……。

加奈子は思いつく限りの名前と漢字を並べていった。名前は生まれてくる子への最初のプレゼントだ。どの名前が一番いいだろう。

杏菜、藍子、阿佐美、亜紀、明美、葵、鮎子、綾乃、朝子、晃代、亜梨紗、茜、愛華、麻緒、厚美、亜弥子、麻乃、篤子、彩音、朝代、飛鳥、阿佐子、亜子、彩花、あゆ、朱実、亜代子、歩香、明里、温美、朝海、暁子、あずみ、亜美、愛梨、麻美、綾音、晃子、天音、敦美……。

　年が明け立春を過ぎると、テレビではくり返しひな人形のコマーシャルが流れるようになった。あーちゃんの予定日は六月十日。初節句を祝うのは一年先になると分かってはいたけれど、加奈子ははやる心を抑えられなかった。

　友達の家にあった十五人揃いのひな人形はずっと加奈子の憧れだった。私もあんなふうなおひなさまがほしい――。けれども公団住宅だった加奈子の実家には男女一対の内裏びなしかなかった。部屋数は少ないし、やんちゃな弟がいれば仕方のないことと分かっていても、七段飾りのひな人形で祝ってもらえる友達が羨ましくてならなかった。

　千葉の、京葉線の先に、小さいけれど格安の中古住宅があって、子育てするにはいい環境だから引っ越さないかと英一から相談されたとき、一も二もなく賛成したのはそこならおひなさまが飾れるという思いもあったからだ。そのときはまだ一歳になったばかりの良太しかいなかったけれど、できればもう一人、子どもがほしいと思っていた。二人目が女の子なら、その子のためにひな人形を飾ってあげたい。娘と、子どもの頃の自分のために。狭い賃貸マンションじゃ無理だけれど、一軒家なら夢が叶う――。

　そうして引っ越してきた家だった。あーちゃんが女の子だと分かったのに、来年までなんてとても待っていられなかった。

「ねえお母さん。お祝いにひな人形を買ってもらえない？」

「何言ってるの、まだ早いでしょ」

実家の母に電話すると、呆れたような声が返ってきた。

「一月や二月生まれの赤ちゃんでも、大きくなるのを待って、初節句は翌年に祝うことが多いのよ。それなのに、まだ生まれてもいないのにひな人形を買うだなんて」

ずっと小学校の教師を続け、三月に最後の卒業生を送り出して定年を迎える母は、日頃からしきたりや慣習にうるさかった。

「初節句っていうのはね、あちらのご両親にも来てもらってお祝いするものなのよ。良ちゃんのときもそうだったでしょ。ひな人形だけ先に買ってどうするの」

「福岡から来てもらえるかどうかなんて分からないわよ。良太のときは連休中で、こっちに旅行中だったから一緒に食事もしたけれど」

「でもね」

延々とやり取りを重ねるうち、だったら自分で買ってしまえと決心した。良太が生まれるまで保育士の仕事を続けていた。退職するまで毎月少しずつ積み立てて、何かのときのためにと使わずにいた定期預金がある。あーちゃんと私のためだもの、使ってしまえ。

七段飾りはさすがに高額で無理だったけれど、五段飾りなら手が届いた。老舗の人形店の、気品のある顔立ちのおひなさまを奮発した。

届いたのは二月下旬になってからで、加奈子は七ヶ月になった大きなお腹を抱えながら、リビングにひな人形を飾った。幼稚園から帰ってきた良太は目を丸くして大喜びした。

「おひなさまだ。みきちゃんやはるなちゃんちにあるのとおんなじだ」

「そうよ、あーちゃんのおひなさまよ」

「パーティーやるの？」

去年、幼稚園の友達からひな祭りのパーティーに招かれたことを思い出したらしかった。お誕生会と同じように、どの家でもひな祭りのお祝いをすると思い込んだ良太は「うちもやろうよ」と加奈子にねだったものだ。

「そうね、お友達はまだ呼べないけど、あーちゃんと一緒にお祝いをしなくちゃね」

「うんっ」

三月三日には英一に早く帰ってきてとお願いしよう。ちらし寿司と蛤のお吸い物を作って、白酒とひなあられとひし餅も買ってこよう。そう思うと心が弾んだ。

異変に最初に気づいたのは良太だった。

「あーちゃん、あのね、今日幼稚園でね……」

いつものように加奈子のお腹に顔をすり寄せていた良太は「あれ？」と首を傾げた。

「あーちゃん、お返事してくれないよ。寝てるのかなあ」

ふと不安が、加奈子の胸に広がった。そういえば今日、胎動を感じたのはいつだったろう。

うっかりと寝過ごして、朝からバタバタしてしまった。良太を幼稚園のバスに乗せて、洗濯機を回し始めたと思ったら、英一から携帯を忘れたと電話があった。ないと困るんだよと訴えられて、新宿まで届ける破目になった。急いで帰ろうと思ったのに、京葉線が事故で止まっていた……。

幼稚園のママ友に良太を預かってもらって、ようやく迎えに行ったところだ。なんだか慌ただしい一日だった。いつもなら家事の合い間にあーちゃんに話し掛けているけれど、今日はそんな余裕もなく過ごしてしまった。今日あーちゃんの胎動を感じたのはいつだったっけ……。

「ママ？」

良太が心配そうに加奈子の顔を見上げていた。加奈子は慌てて笑顔を作る。

「お出掛けしたから、あーちゃん疲れて眠っちゃったのかもしれないね」

「いいなあ。ぼくもお出掛けしたかったな」

良太は可愛く唇をとがらせる。

「ごめんごめん。その代わり、今日は良太の好きなハンバーグよ」

「やったあ」

大喜びする良太の姿に微笑みながら、加奈子は自分に言い聞かせた。そうよ、あーちゃんはいま寝ているだけ、今日はバタバタしていたから胎動に気がつかなかった、それだけよ……。

けれども夕飯の支度を始めても、ハンバーグを作り終えても、あーちゃんはちっとも目を覚ましてくれなかった。どうしよう、病院に行ったほうがいいのかしらと思い始めたときには、とっくに診察時間を過ぎていた。診てもらえるかどうか、電話して聞いてみようか。でも良太をどうしよう。友達のところで遊び疲れたのか、さっきから欠伸を連発している。

もうちょっとだけ待ってみれば、あーちゃん、目を覚ますかもしれない。なあんだってほっとして、こんな心配はそれでおしまいになるに決まってる。自分にそう言い聞かせた。

もう少ししたら英一が帰ってくるに違いない。そうしたら良太を任せて、病院へ行ってみようかとも思った。

でも何度呼びかけてもあーちゃんは目を覚まさないし、英一とは連絡がつかなかった。

どうしよう、どうしたらいいんだろう……。

かかりつけの産婦人科に電話した。大丈夫ですよ、よくあることですから、赤ちゃん、眠っているだけですよ――そんな言葉を期待していた。でも、

「すぐに来てください。先生に連絡しておきますから」

看護師さんの緊張した声。もう眠いよとむずかる良太を叱りつけるようにして、タクシーに飛び乗った。

あーちゃん、無事でいて。お願い……。

エコー画面のあーちゃんは動かなかった。この前の定期健診ではあんなに元気に動いていたのに、どうして……？

呆然としている加奈子に、産科医は矢継ぎ早に問い掛けた。

「お腹をどこかにぶつけましたか？　食べつけない物でも食べましたか？　薬を飲んだ？」

何も心当たりがない。医者は難しい顔のまま首を振った。

「原因が分かりません」

今夜はひとまず家に帰って、入院の支度をして、明日の朝また来てくださいと声がする。細かい説明が聞こえるけれど、何を言われているのか分からない。何も頭に入ってこない。

――どうして？　一体何がいけなかったの？

その思いだけがぐるぐると頭の中を駆けめぐる。

ぼんやりと座ったままの加奈子に、言い聞かせるように看護師がくり返した。

「いいですか。陣痛促進剤を使って、お腹から赤ちゃんを出しますから。明日、もう一度来てくださいね」

明日。三月三日。ひな祭りのお祝いをしようと思っていたのに――。

やっとの思いで家に帰ると、リビングの一角を占領したひな人形が目に飛び込んできた。あーちゃんのいないひな人形。どうしてこんなものを買っちゃったんだろう。後悔がこみ上げてくる。まさか、こんなことになるだなんて。

保育士の仕事をしていたときも、良太の通う幼稚園でも、たくさんの赤ちゃんや子どもたちを見てきた。赤ちゃんは生まれてくるものだと思っていた。生まれてこない赤ちゃんがいるだなんて、そんなことが現実に起きるなんて、思ってもみなかった。

帰りのタクシーで寝入ってしまった良太を揺り起こして、なんとかパジャマに着替えさせた。明日。良太をどうすればいいんだろう。幼稚園のバスに乗せて、それから病院に行けばいいのかな。でもお迎えをどうしよう。お母さん、来てくれるかな。そうだ、お母さんに知らせなきゃ……。

頭では分かっているのに、体が動かない。良太の枕元に座り込んだまま、立ち上がれない。

「ただいまあ」

いつも通りの、のんびりとした英一の声がした。やっとのろのろと玄関に向かう。

「何度か電話もらってたみたいだけど、どうした？」

「……あーちゃんが」

「ん？」

「あーちゃん、死んじゃったの。もう動かないの」

死、という言葉を口にした途端、現実が一気に胸に迫ってきた。あーちゃんはもう生まれてこない。元気な産声を聞くこともうできない。ぼろぼろと涙があふれ出した。きちんと説明しなきゃ、と思うのに、何も言葉にならなかった。呆然と突っ立ったままの英一に、加奈子はすがりつくことしかできなかった。


「おひなさま、処分しちゃって。もう見たくないから」

翌朝、病院に行く前に英一に頼んだ。

会社を休んで付き添うと言ってくれた英一に良太を託して、加奈子は一人で病院へ向かうことにした。母は卒業式の予行演習を終え次第、駆けつけてくれることになっている。一晩入院することになると言われているから、母に良太を頼んで、それから英一が病院に来てくれればそれでいい。

母は学校を休むと言ってくれたけれど、最後の卒業式だし、そっちを優先してと加奈子が頼んだ。

だって、あーちゃんはもういないのに。生まれてこないあーちゃんのために仕事を休んでなんて、とても言えない。

あーちゃんが生まれてくるなら、家族揃って『その時』を迎えたいと思っていた。けれどもあーちゃんはもう生まれてこない。

ひな祭りのお祝いを楽しみにしていた良太は「あーちゃん、いなくなっちゃったのよ」と説明しても、大きなままの加奈子のお腹を見て、不思議そうに首を傾げていた。病院から帰って、「早くひな祭りのお祝いしようよ」なんて言われたらつらすぎる。だったらひな人形がなくなってしまえばいい。

英一はひな人形の飾られているリビングにちらっと目を向け、何か言いたそうにしたけれど、すぐに「うん、分かった」とだけ肯《うなず》いた。

病院に着くと、改めて産科医から説明があった。死んでしまった赤ちゃんを産むということ。そのために陣痛を味わわなければならないなんて、知らなかった。産みの苦しみ、が続く。夕方病院にやって来た英一が無言で腰をさすってくれた。元気な赤ちゃんが生まれてくることを思えば耐えられると、マタニティ雑誌に書いてあったことが頭をよぎる。だったら一体何を思って、この痛みに耐えればいいんだろう。

午後十一時五十二分。日付の変わる八分前にあーちゃんは生まれてきた。産声を上げることもなく、ひっそりと。「おめでとう」の言葉もない。

「名前、つけてあげないか」

英一の提案にすがりついた。

たくさん考えすぎて、決めることができずにいた『あ』で始まる名前。

みんなからいっぱい愛される子でありますように。

たったひとつの願いを込めて、「愛子」と名付けた。愛してるからね、あーちゃん。本当なら良太はもちろん、母や福岡の英一の両親も駆けつけて、みんなから祝福されるはずだったあーちゃん。英一と二人きりで、ひっそりと迎えてあげることになるなんて。でも、ずっとずっと愛しているから。

出生届を出すことはできなかった。死産証明書に記された日は三月三日。ひな祭りのお祝いをしてあげるはずだったのに、この日が命日になるなんて。なんの疑いもなく赤ちゃんが生まれてくると信じていた日がもう遠い過去のようだ。

家に帰ると、良太がぎゅっと抱きついてきた。へこんでしまった加奈子のお腹をじっと見つめる。

「あーちゃん、どこ行っちゃったの？　遠いところ？」

「……」

「お空の向こうだよ。雲の上からお兄ちゃんって、良太のこと見ているよ」

何も言えない加奈子に代わって、英一が答えてくれた。良太は寂しそうに空を見上げる。

「そんなに遠く？　じゃあ一緒に遊べないね」

妹の誕生をあんなに楽しみにしていたのに。ごめんね、ごめんね、と加奈子は謝ることしかできなかった。

卒業式を終えた母は、しばらくの間泊まりに来てくれた。打ち沈んだままの加奈子を力づけようと言葉を尽くす。

「どうしようもなかったことなのよ。だから自分を責めちゃ駄目よ」

「うん、そうね……」

でもやっぱり私のせいだ、と加奈子は思う。もっと早く気づいていたら、もっと早く病院に行っていたら、あーちゃんの命を助けることができたかもしれないのに。後悔ばかりが募ってしまう。ごめんね、あーちゃん、と思うたび涙がこぼれる。

「残念だったわね。でも良太くんがいるじゃないの」

幼稚園のママたちは加奈子を気遣い、口々に励ましてくれた。

そう、良太がいる。でも良太はあーちゃんじゃない。良太がいたって、どんなに良太が可愛くたって、あーちゃんのいない寂しさは変わらないのに。どうして分かってもらえないの、と涙がこぼれた。

「いつまでも泣いてちゃ良太が可哀想だよ。元気出さなきゃ」

英一に言われて気がついた。加奈子が涙を流すたび、良太は「ママ、ママ」と抱きついてくる。いつも心配そうに加奈子を見ている。小さい妹や弟のいる良太の友達を見ることがつらくて、公園へ連れていくことも減っていた。それなのに良太は「遊びに行きたい」と駄々をこねることもしない。一人でしょんぼりと遊んでいる。

ごめんね、良太。元気を出さなきゃ、良太のために。

「良太、クッキー焼こうか。手伝ってくれる？」

「うんっ。動物クッキーがいい。それからＡＢＣも」

弾んだ声が返ってきた。粉だらけになりながら小麦粉をふるったり、動物の型を抜いたりするうちに、満面の笑みが広がってゆく。良太のこんなに嬉しそうな顔を見るのは久し振りだ。二人でクッキーをたくさん焼いた。そうだ、これでいい。笑顔にならなきゃ。どんなに泣いたって、あーちゃんはもう帰ってこない。だったら良太のために笑ってあげなきゃ。涙は一人で流せばいい。

四月十七日の良太の誕生日には、ご馳走をたくさん作ってお祝いした。連休には英一と三人、ディズニーランドや動物園に遊びに行った。寂しい思いをさせてしまった時間を取り戻してあげなくちゃと予定を立てた。

夏休みには福岡のおじいちゃんとおばあちゃんの家に旅行して、海水浴へも連れて行った。秋には幼稚園最後の運動会とおゆうぎ会があった。ランドセルを買って、勉強机を買って、クリスマスツリーを飾りつけて……。

本当ならここにいるはずのあーちゃんがいない。何度も何度もその思いがよぎり、そのたびに飲み込んだ。あーちゃんのことは胸の奥にしまい込んで、笑顔を作ることにもやっと慣れた。それなのに。

年が明けると、テレビではやばやとひな人形のコマーシャルが流れ始めた。一年前にはあんなに胸を躍らせて見たコマーシャル。

あの翌日、病院から帰ると、ひな人形はきれいに片付けられていた。捨ててしまったのか、売り払ったのか、どう処分したのか加奈子は知らない。英一に聞こうともしなかった。ただそっと、マガジンラックや何かの位置を元に戻して、ひな人形が飾られていたスペースを埋めただけだ。

忘れようとしてきたのに。二度と思い出したくなかったのに。赤ちゃんの姿を見ても、ようやく涙をこらえられるようになったのに。それなのにまた、不意打ちのようにコマーシャルが始まるなんて。こんなもの、見たくない。

テレビのスイッチを切ってしまった加奈子に、良太が問い掛けた。

「あーちゃんのおひなさま、飾らないの？」

久し振りに良太の口から聞く「あーちゃん」。妹のことはもう忘れてしまったかもしれないと思っていたのに。

「ねえ。あーちゃんのおひなさま、飾ろうよ」

「……あれはね、もうないのよ」

「あるよ。ぼく、パパと一緒に片付けたもん」

「え……？」


良太が「ここ」と指差したのは物置代わりに使っている押し入れだった。プラモデル作りが趣味の英一が、どうしても捨てられない作品の数々をしまいこんでいる聖域だ。壊れるといけないから勝手に触らないでくれと言われてきた。

手前のほうの段ボール箱を取り出してゆくと、奥からひな人形の箱が現れた。

ふたを開けると、窮屈そうに並んだおひなさまが目に入った。薄紙のあちこちから顔や着物の一部がはみ出している。女きょうだいのいない英一には、ひな人形の片付け方など分からなかったのだろう。

「パパがね、これはあーちゃんのひな人形だから、あーちゃんを忘れないように大切にとっておこうねって」

英一はひな人形を片付けながら、あーちゃんがいなくなってしまうことを伝えたそうだ。

――あーちゃんはもうすぐ生まれてくるんだよ。だけど生まれたらすぐ、遠いところへ行っちゃうんだ。あーちゃんのことをいつまでも忘れないように、ひな人形を大切にとっておこうね。ママが元気になったら、あーちゃんのためにひな祭りのお祝いをしてあげよう。

「ママ、まだ元気にならない？」

良太が心配そうに、加奈子の目を覗き込む。

「ううん、元気よ。元気になったよ。だって、良太とパパがいるんだもの」

「じゃあ、おひなさま飾ろうよ」

「そうね、パパを驚かせてあげようね」

良太と二人、ひな人形を飾りつけた。

あの日、あーちゃんがお腹にいた最後の一日。家族四人でもっとゆっくり過ごせば良かった。ひな祭りのお祝いをして、あーちゃんと一緒の思い出を作ることだってできたのに。あーちゃん、気づいてあげられなくてごめんなさい。

帰ってきた英一はリビングに飾られたひな人形を見て、ほっとしたように微笑んだ。

「見つけたんだね。いつ言おうかどうしようかって思ってたんだ。あーちゃん、きっと喜んでるよ」

「ありがとう、あなた。捨てないでおいてくれて。私、間違っていたのよね。あーちゃんのことを忘れたりしちゃいけなかった。せっかく生まれてきてくれたのに」

「うん、俺たちに会いにきてくれたんだよな」

英一がそっと加奈子を抱き寄せる。その腕が震えていて、英一も泣いているのだと気がついた。そうだ、あーちゃんがいなくなったことは私一人の悲しみじゃなかったんだ。英一も同じ悲しみを抱えている。泣きたいときは二人で泣けば良かったんだ。

涙でくぐもった英一の声が耳元でそっとささやく。

「三月三日はお祝いをしような。あーちゃんのひな祭り、それからあーちゃんがこの世に生まれてきてくれた日のお祝いだ」

それから二年が経った。今年もまた、ひな祭りが訪れる。

良太は薄紙からひとつひとつひな人形を取り出すと、そっと加奈子に手渡してくれる。お内裏さま、おひなさま、三人官女、五人囃子……。またたく間に飾り終えた。

「あーちゃん、ひな人形見えてるかな。喜んでくれてるかな」

「うん。お兄ちゃん、飾ってくれてありがとうって言ってるよ」

良太と並んで空を見上げた。遠い空の彼方へ行ってしまったあーちゃん。けれどもきっと雲の上から、私たちを見てくれているに違いない。

「あーあー」と元気の良い声がした。振り返ると、ハイハイを始めたばかりの望美《のぞみ》が昼寝から目覚めて、隣りの部屋から這い出していた。ひな人形を見つけて、嬉しそうに手を伸ばしている。良太が慌てて、妹をひざに抱きあげた。

「のんちゃん、おひなさまはね、優しくしてあげなきゃいけないんだよ。のんちゃんとあーちゃんのおひなさまだからね」

そう、あーちゃんのひな人形は今年からあーちゃんと望美のひな人形になった。今年は盛大にお祝いしなきゃ。のんちゃんの初節句。のんちゃんとあーちゃんのひな祭りだ。

望美は大好きなお兄ちゃんに抱っこされて、嬉しそうに笑い声を上げている。このひな人形がある限り、良太は覚えていてくれるだろうか。一度も抱っこしてあげることのないまま、空の向こうへ行ってしまったもう一人の妹を。

いまここにいなくても、あーちゃんはいつも私たちと一緒にいる。

あーちゃん、お姉ちゃんになったんだよ。妹をよろしく。いつまでも見守ってあげてちょうだいね。

おひなさまをよく見ようとするかのように、白い雲がゆっくりと流れ始めた。

さよならは一度だけ

リビングの壁にかかった時計の針が○時を指した瞬間、津村晋作《しんさく》は、特大のケーキに立てた四十二本のロウソクの火を思い切り吹き消した。そして、どうだ、とばかりに満面の笑みで妻と息子の顔を見る。

日ごろは冗談も言わない生真面目な晋作の子どもじみた行動に、妻の佐和《さわ》と息子の詠一《えいいち》は戸惑いを隠せないようだ。二人が黙ったままだから、晋作は仕方なく自分で「誕生日おめでとう」と言って拍手をした。

佐和がぷっと笑う。「やだ、お父さん。自分で言う？　普通」と笑いながら、やっと「おめでとう」と言ってくれた。中学三年の詠一も面倒くさそうに「おめでとう」と言うと、「もう食っていい？　これ」とケーキを指差した。

「ああ、いいぞ」

四十二歳を無事に迎えたいま、ケーキはどうでもよかった。四十一歳の呪縛——自分を苦しめ続けた死の呪縛から解き放たれた晋作は、安堵のため息をついた。

「でもさぁ、何で今回だけこんなことすんの？」ロウソクを抜いた拍子に指についたクリームを舐めながら、詠一が首を傾《かし》げる。

「二月のお母さんの誕生日には何もしなかったよね？　お母さんはちょうど四十歳になったんだから、盛大に祝うならそっちじゃないのかなぁ」

「四十一歳が終わったからに決まってるじゃないか」

「そりゃ、四十一歳が終わったから四十二歳になったんだけどさ……。ああ、もういいや」

これ以上話しても埒《らち》があかないと思ったのか、詠一は、佐和が切り分けたケーキをパクパク食べ始めた。

晋作はFAX台まで立っていき、傍に掛けられている状差しから『西中学同窓会のお知らせ』の往復ハガキを抜き取った。無事に四十二歳を迎えられたことで、GWに静岡で行われる三年ぶりの同窓会にも清々しい気持ちで参加できる。

返信ハガキの宛先は西条貢《さいじょうみつぐ》になっていた。あの根無し草の適当男が、面倒な同窓会幹事の一人に立候補したということは驚きだったけれど、（らしいな）とも思う。

自分より一足先、十一月に四十二歳の誕生日を迎えている悪友は、晋作が長年気に病んでいた『四十一歳死亡説』をハナから「有り得ない」と笑い飛ばし続けてきた。自分は死ぬわけがない、つまり、同窓会には間違いなく出席する――そう思っているから、幹事を引き受けたのだろう。

貢と最後に会ったのは、三年前の同窓会だ。お互いの、頭髪が微妙に後退した頭（これは晋作だ）と、ベルトの上に厚い肉の乗った身体（こっちは貢だ）についてけなし合ったあと、「次の同窓会は四十二歳だな。――会えるかな」と晋作が緊張気味に言うと、貢は大笑いした。

「おまえ、相変わらずだなぁ。俺なんてそんなこと忘れてたぞ。心配し過ぎるほうが健康に悪いって、前から言ってるだろ。大丈夫だよ、俺もおまえも、親父たちみたいに四十一歳じゃ死なないって！」

生真面目な晋作と、サボリや校則違反常習者の貢が仲良くなったのは、お互いの父親が四十一歳で亡くなっているという共通点を見出した、中学二年の夏からだ。

貢は「親子だからって同じ年に死ぬわけがない」と言ったけれど、祖父も四十一歳のときに事故で亡くなってる晋作は、彼のように気楽ではいられなかった。

おまけに前年に父が亡くなってから、祖母と母が晋作の健康にやたらと神経質になっていた。（父より二歳上の伯父が元気でいるのに）と思いながらも、たった三日入院しただけで帰らぬ人となった父の、命の呆気なさに動揺していた晋作は、祖母と母が勧める健康食品を摂取し、健康法を実践し続けているうちに、自分も父たちのように四十一歳で死ぬのだろうと思い込むようになっていた。

二十年以上も先の死に怯える晋作に、貢はからかい交じりによく議論を持ちかけてきた。四十一歳で死ぬとしたら、結婚すべきか、しないでおくべきか。子どもを作るべきか、作らないでおくべきか。真面目に働くべきか、したいことをすべきか――。

そんな問いかけに、「相手に迷惑をかけないよう結婚はしない、もちろん子どもなんて作らない」「真面目に働いてコツコツ貯金をつくり、最低でも自分のお葬式代を出す」「できれば家族に少しでも多くお金を残す」という、中二にしてはオヤジくさい、現実的な意見を言うたびに、貢にゲラゲラと笑われた。

「俺は四十一歳で死ぬなんて考えずに、自由にやりたいことをやるよ。結婚は……ま、したきゃするんじゃない？　貯金ねぇ。貯金なんかしないな、きっと。働くのは金を使うためだろ。ホラ、江戸っ子は宵越しの金は持たねぇって言うし」

「江戸っ子って……おまえは俺と同じ、静岡生まれの静岡育ちだろ！」

二人の会話はいつもこんな調子だった。そして、最後には「俺の生き方のほうが長生きできる」「いや俺のほうだ」と喧嘩になり、二人の緩衝材になってくれていたクラスメイトの都筑雅治《つづきまさはる》の、「ま、どっちの生き方が正解かなんて死ぬ瞬間、本人にしかわかんないことだよ」という言葉で幕引きとなるのが常だった。

そのときの主張の通り、晋作は高校、大学と堅実に進み、経営コンサルティングの会社に入った。一方、破天荒な貢は高校を中退し、突然ドイツに留学したかと思うと、大阪の大学に入り直した。卒業前に起ち上げた個人輸入の会社が当たり、いまはほとんど海外生活だ。付き合った女は何人もいるようだけれど、いまのところ誰とも籍を入れていない。子どもに至っては、「さぁ、どっかにいるかもねぇ」と呑気なものだ。

晋作も就職して忙しくなると、『四十一歳死亡説』はあまり考えなくなっていたけれど、結婚するときだけはさすがに悩んだ。

プロポーズを受けてくれた佐和に、「俺が死んだら、再婚してもいいからね」と目を潤ませながら言ったのは、自分が四十一歳で死ぬかもしれないと告げるためだった。

ところが、「なんでかっていうとね――」と続けようとした瞬間、「ちょっと！　縁起でもない！　今度そんなこと言ったらぶん殴るから」と一蹴され、父と祖父が四十一歳で亡くなったことを口にするチャンスを失った。愛する人を不安にさせたくないということもあって、以来、『四十一歳死亡説』は心にしまいこみ、母にも口止めをしておいた。

自分が死んでも佐和が困らないだけの貯えを作ろう。早めに家を建てよう。佐和が再婚しやすいように、子どもは作らないでおこう――そう決めていたのに、あれよあれよと言う間に詠一ができ、「子どもの年齢によって必要な間取りが変わるから、持ち家なんていらない」という佐和の主張で、家を買うこともなく賃貸マンション暮らしのままだ。

誤算はもう一つあった。小学校で管理栄養士として働いている佐和が、結婚後は自分の健康管理もしてくれることをかなり期待していたのに、佐和は存外、夫や自分の食生活に無頓着だった。外食はしょっちゅうだし、ラーメンやファストフードが大好き。出来合いのお惣菜も買ってくるし、出前も取る。

母が知ったら目を剥《む》きそうなぐらい不健康な食事が続く日もあるけれど、それでも大病をすることなく四十二歳まで生きられた。

（これなら、貢のように適当に生きていても大丈夫だったのかもしれない）そんなふうに考えながら、晋作は返信用のハガキを切り取ると、出席に◯をつけた。


その日、大阪出張だった晋作は、部下の工藤結花《ゆか》と一緒に品川から新幹線のぞみに乗り込んだ。平日の昼間ということで車内は比較的空いていた。チラホラ見かける、真新しいスーツを着た男女が初々しい。

社外でのプレゼンは初めてだという結花のために、もう一度プレゼンの練習と想定問答をしておこうと思ったのに、強心臓の彼女は早々にシートを倒すと、くぅくぅと寝息を立て始めてしまった。

仕方なくビジネス書を読み始めた晋作は、切りのいいところで本を閉じ、トイレに立った。デッキの窓から外を覗くと、ちょうど静岡駅を通過するところだった。母の再婚とともに千葉に移ったために、高校まで暮らした街もいまでは同窓会で帰るだけの場所となっている。（東京に戻ったら、同窓会のときの新幹線を予約しなきゃな）と考えながら用を足し、座席に戻る。

天気のいい日だったから、陽光の差し込むA席の窓側では日よけを下ろしている客が大半だった。その日よけを下ろしたA席の一つから、突然、「晋作！」と呼びかけられ、「お」と晋作は足を止めた。貢だった。

「驚いた。意外なところで会うなぁ。久しぶり！」と近づくと、「座れよ」と隣を示す。どうやら隣のB席も通路側のC席も空いているらしい。

仕立てのいいジャケットにシャツ、チノパンという格好の貢はバッグらしきものを持っていない。B席に腰を下ろしながら、「おまえも出張なのか？」と半信半疑で尋ねると、貢は笑いながら頷いた。さすが、「遊びが仕事になったようなもの」と言い切っていただけのことはある。パソコンと資料でパンパンになったバッグを持ち歩く晋作は、「身軽でいいなぁ」とため息をついた。

品川で乗ったときは彼に気づかなかったから、「新横浜から乗ったのか？　どこまで行くんだ？」と晋作が立て続けに聞くと、貢は「静岡から乗ったんだ」と言う。

「馬鹿言え、のぞみだぞ。静岡は通過じゃないか」と反論しかけて、貢がニヤニヤ笑っていることに気がついた。

「いい年して、からかうなよ」と憮然として言うと、今度は一転して優しい笑顔で、「まぁ、怒るなよ。――晋作。四十二歳、おめでとう」と言われた。

そうだ、そうだった。晋作は頬を緩めた。二人とも、無事に四十二歳を迎えたのだ。

「ああ。貢も――四十二歳、おめでとう」二人で笑い合う。

「な、言った通りだろ。『四十一歳死亡説』なんて、呪縛に囚われ過ぎなんだよ」

大騒ぎしていた自分が急に気恥ずかしくなり、「いや、きちんと栄養バランスのいい食事をとり、定期的に運動もし、毎年健康診断を受けたからこそ、勝ち得た四十二歳だよ」と言い切ると、「窮屈な人生だな」と呆れられた。

「俺なんて勝手きまま、本能のままに生きて、とてつもなく楽しい人生だぞ」

「都筑が言ってたろ。『どっちが正解かは死の瞬間に決まる』んだ。まだわからないぞ」と悔し紛れに反論すると、貢は楽しそうに笑った。

「ああ、そんなこと言ってたな。でも、いまなら言い切れるな。結局はさ、俺とおまえ、どっちの生き方も正解なんだよ」

いままで散々、自分の生き方のほうがいいと主張してきた貢にしては、意外な言葉だなと思いながらも、「どっちの生き方も正解」という言い方は気に入った。

「そうだよな、どっちも正解だ」

「四十二歳になったことだし、俺みたいに気楽に生きてみるっていうのはどうだ？」

「いや、いい」と晋作は首を振った。「俺はくそ真面目にしか生きられないから」

「相変わらずだな」と笑う貢は、少し身体が締まったようだった。顔も三年前よりほっそりしている。かつて、「ジムで一列に並んで走るなんて、正気の沙汰じゃない」と馬鹿にしていたのにとうとう宗旨替えかと思いながら、「ダイエットしたのか」と聞くと、「モテるためには必要だからな」と言い、「相変わらず、港港に女がいるもんで」と続けた。

お盛《さか》んなこって、と思っていると、「なぁ、こうしてると思い出さないか、修学旅行」と貢が言い出した。

中学三年の修学旅行は京都で、新幹線の席は行きも帰りも隣同士だったのだ。

「あのときのおまえのパニクった顔……」くっくっくと貢が笑う。晋作は赤くなった。

「おい、その話はするなよ。また喧嘩になるぞ」

蒸し返されたくない話題を避けたくて、晋作は前の席の背もたれを睨んだ。

あれは修学旅行中のある夜のことだった。就寝前の雑談で誰かが、「心臓が打つ回数は生まれたときに決まっていて、その回数が終わるのが死ぬときなんだってさ」と言い出した。

「じゃあ、心拍数を減らせば、寿命が伸びるってことだよな」という晋作の言葉を、貢は笑い飛ばし、都筑も「そんなの無理だと思うけどなぁ」と苦笑した。でも、当時の晋作は（そうすれば、四十一歳で死ななくても済むかもしれない）という希望にすがって、脈を止めたり、脈拍数を何とか減らそうと試行錯誤した。

けれど、呼吸と違って、脈はどうやっても勝手に打つ。かなり期待していただけに、（結局、自分で寿命をコントロールすることはできないんだ……）と晋作は落ち込んだ。

そして、帰りの新幹線で事件は起きた。いまと同じように貢はA席、晋作はB席だった。晋作はC席に座った都筑とお土産を見せ合っていて、貢はシートを倒して寝ていた。

教師がおやつ代わりのジュースを配り始めたから、晋作は貢を起こそうとし……ぎょっとした。眠っているとばかり思っていた貢は声をかけても、いくら揺すっても目を開けず、その左手はぞっとするほど冷たかった。おまけに震える手で何度確認しても、手首の脈は全く触れない。

「貢、おい、貢！」晋作は半狂乱になった。四十一歳で死ぬことは考えても、十四やそこらで死ぬなんて考えもしなかった。

「おまえは俺より長生きするんだろ、四十一歳よりもっともっと長く生きるんだろ！　死ぬな！」と号泣しながら貢にすがり、車内は騒然となった。

結局、それは貢が仕掛けたイタズラだった。種明かしは簡単で、拾ったテニスボールを左脇に挟み込んで、動脈を圧迫していただけだった。貢は担任教師、同行していた教頭先生、それに保健の先生にコッテリと叱られ、人目もはばからずに大泣きした晋作はそのあと二週間、貢と口をきかなかった。それほど腹が立ったのだ。

「推理小説だったかドラマのトリックで見たことがあったからさ。脈を止める方法をおまえに教えてやろうと思ったんだよ」と貢はケロリとしていたけれど、死を茶化すような貢の行動が、晋作には許せなかった。

都筑が間に立って取りなしてくれたおかげで、元のように貢と喋るようにはなったけれど、修学旅行の話はタブーだった。

のぞみが名古屋に近づき、晋作は慌てて腰を浮かせた。ここは指定席車両だ。（この席の人が乗ってきたら困るだろう）と思ったのに、それを察した貢が、「大丈夫、誰も座らない」と妙に自信たっぷりに言ったから、晋作は落ち着かない顔ながらも「そうか？」と座り直した。

「心配性だな、相変わらず。寿命が縮むぞ」と朗らかに貢が笑う。

「うるさいな、やっと四十一歳が終わったのにイヤなこと言うなよ」

乗り込んできた客がチラチラとこちらを見る。（やっぱりこの席か？）と思ったら、通り過ぎていった。そういった客が何人かいる。どうにも落ち着かない。

そして、晋作はあることを思い出した。指定席特急券を自分の座席の前カゴに入れっぱなしだ。車掌が検札にきたときに言い訳をするのも面倒だ。目を覚ました結花が、席に戻ってこない上司を心配しているかもしれない。

「貢。俺、そろそろ自分の席に戻るよ」

「そうか」と頷いた彼は、「なぁ、晋作」と改まった口調で呼びかけてきた。

「あのときはごめんな。おまえが泣くとは思わなくてさ」

「もういいって」と苦笑しながら晋作は手を振った。

「俺だって、ムキになって怒り過ぎた。貢のいつものおふざけだって笑い飛ばせばよかったんだ——こっちこそ悪かったよ。それにしても」と晋作は軽く貢を睨んだ。

「泣くとは思わなかったって……俺はどれだけ薄情なヤツだと思われてたんだ？　友だちが死んだら、そりゃ泣くだろ」

貢は眩しそうに目を細めた。「そうだな……。でも俺、人に泣かれるのって苦手なんだよ。特に家族とか友だちはさ。だから、あんなイタズラしたこと、本当は後悔してて——いつかちゃんとおまえに謝らなきゃと思ってたんだ。本当にすまなかった。あと……俺のために泣いてくれて、ありがとう」

「なんだ、それ」と晋作は笑った。

「そんなふうに素直に言えるなんて、おまえも年食ったって証拠だな――。じゃあ、また同窓会で。おまえ、幹事なんだろ。楽しみにしてるよ」

晋作が立ち上がったところで、貢はふと真顔になった。そして、強い口調で「おい、晋作。いいか、俺はおまえの禿げ上がった頭は当分、見たくないからな」と言う。

思わず、晋作は頭に手をやった。同窓会までに増毛をしてこいということだろうか。周りの目を気にして、「そ、そんなに言うほど禿げてないぞ」と小声で言い返す。

貢は苦笑すると、「晋作。今日は会えてよかったよ。ありがとう」と頭を下げた。

これまた珍しく殊勝な態度だったから、照れくさい。

「なんだよ、改まって――。じゃあな」と手を振り、晋作は席へと戻った。

呑気な部下はまだ夢の中で、たたき起こして何とか一度だけプレゼンのおさらいをした。

同窓会のあとで都筑と三人で飲む約束をしておこうと思いついたのは、新大阪に着いた直後のことだった。約束しておかなければ、「港港に女が……」の貢は二次会へも行かず、さっさと消えてしまうからだ。

のんびり荷物をまとめる結花を急《せ》かしながら、前方の席にいる貢に声をかけようとしたけれど、身軽な貢はさっさと降りてしまったようで、もう姿が見えなかった。（まぁ、同窓会で会ってすぐに言えばいいか）とそのときはそう思った。

同窓会の会場となっているホテルの宴会場で、貢の姿を探す晋作の肩を叩いたのは都筑だった。静岡の証券会社に勤める都筑とは、彼が東京出張のたびに会っているから、久しぶりというほどでもない。あっさりとした挨拶を交わす。

都筑の胸には、幹事の印である赤いリボンが付けられていた。学生時代から変わらず世話好きの彼は、毎回、同窓会幹事のメンバーなのだ。

「貢は？　探してるんだけど、見当たらなくてさ。真面目に幹事の仕事してるのかな？　まさか遅刻じゃないよな？」と笑いながら尋ねると、都筑の顔が強《こわ》ばった。そして、間もなく開会だと言うのに、他のメンバーに「ちょっと抜けるぞ」と声をかけ、晋作を会場の外に引っ張っていった。

ロビーの片隅のソファに無理やり座らされ、「なんだよ、一体……」と訝《いぶか》しんでいると、都筑が静かに言った。

「晋作。落ち着いて聞いてくれよ？　実は貢、亡くなったんだ、半年前に」

聞いた途端、晋作は吹き出した。

「なんだよ、同窓会のドッキリ企画か？　発案者は貢だな？」と物陰から見ているであろう彼の姿を探す。焦《じ》れたように都筑が首を振る。

「違う。本当なんだ。四十二歳になる直前だった。黙ってて悪かった――」と声を抑えながら言う都筑の目には、悲しみが満ちていた。

「……本当、なのか?」

頷いた都筑は、噛んで含めるように説明した。貢は血液の病気で、病院へ行ったときはもう手の施しようのない状態だったらしい。余命宣告を受けた彼は、静岡の実家に戻るとすぐに、都筑を訪ねた。そして、「最後の頼みだ」と頭を下げて切り出したのは、晋作への壮大なイタズラの提案だった。

――俺はきっと四十二歳になれずに死ぬと思う。俺が死んだという報せを聞いたら、晋作はきっと動揺する。「ビビリの晋作」は絶対、中学の頃みたいに自分も四十一歳で死ぬのだと怯えて暮らすだろう。それだけは避けたい。自分が死んだことは絶対に隠し通してくれ。そして、俺が生きているように装ってくれ――。

風来坊の貢と連絡がつかないことなどしょっちゅうだから、亡くなったことを隠すことは簡単だった。けれど、逆に生きていることを装うのは難しい。

「俺はおまえと違って、嘘つくのが下手なんだぞ」と都筑が渋ると、貢は「大丈夫。俺に名案があるから」と言った。

――同窓会の幹事メンバーに俺を組み入れてくれればいい。同窓会の出欠ハガキの宛先を俺の実家にすれば、晋作は自分と同じように俺も四十二歳の誕生日を無事に迎えたと思うはずだ。来たハガキは必ずおまえに転送するよう、家族に話をしておくから――。

晋作は呆然と都筑の話を聞いていた。確かに、貢が四十一歳で死んだことを知ったら、自分は平常心ではいられなかっただろう。呑気にバースデーケーキを買って誕生日を祝うなんて気にもなれなかっただろう。

「晋作。俺はな、ちゃんと言ったんだ。友人なのに死に目にも会えない、最期の別れも言えないなんて、晋作がかわいそうじゃないか。あいつだけ仲間はずれかよってな。そうしたらさ」

都筑がぎゅっと晋作の腕をつかんだ。震える声で続ける。

「そうしたら、貢のやつ――晋作には修学旅行のときに泣いてもらったからいいんだって言ったんだ。あれだけで充分だ。俺は二度と、あいつのあんな悲しい泣き声なんて聞きたくないんだよって笑ったんだ――だから、だから……黙ってて、すまなかった」

喉の奥から絞り出すような謝罪の言葉に、晋作はゆっくりと首を振った。

「いや……いいよ――。謝るなよ、都筑。おまえは貢との約束を守っただけじゃないか。おまえのほうが……黙ってるなんて辛かったんじゃないか？」

項垂れたままの都筑を見ながら、最後の頼みが友人に関することというのが貢らしい、と思った。自分なら、死期が迫ったときに他人のことを考えることなどできないだろう。

思い返せば、貢は怒られることも嫌われることも厭《いと》わず、友人のために何かをしでかしてしまうヤツだった。例の修学旅行のイタズラも、寿命を伸ばすことなどできないと落ち込んでいた晋作のために仕掛けたものだったのだろう。実際、晋作は絶交期間の二週間、貢への憤りで寿命のことなど考えることもなかった。

（そうか、貢はもうこの世にはいないのか――）ぼんやり宙を見つめていた晋作はハッとした。

「おい、都筑！　貢が死んだの、いつだって？　嘘つくなよ。ついこの前、俺はあいつと会ったんだぞ、新幹線で！　そりゃ瘦せてたけど……元気そうだったんだ！　ちゃんと喋って笑ってたんだ！」

都筑はパチパチと瞬《まばた》きをし、そして、泣き笑いの表情を浮かべた。

「そっか……言ってたとおり、会えたのか……よかったなぁ……」

「え――？　言ってたとおり？」

「ああ。おまえに黙っているのは気が進まなくて渋ってたら、あいつが言ったんだ。『大丈夫。晋作にはちゃんと会いに行くから。だって、よく考えたら修学旅行のときのこと、あいつにきちんと謝ってないんだよなぁ』って――」

ああ、と晋作はため息をついた。「静岡から乗った」と貢は言った。死んだあとも彼は静岡に留まっていて、晋作が乗った新幹線が通るのを待ち構えていてくれたのだ。そして、三十年近く前のことを謝りにきた男は、『どちらの生き方も正解だった』と清々しい顔で決着までつけていった。

名古屋から乗り込んできた客たちが、晋作を不審そうに見ていた理由がやっと腑に落ちた。貢の姿は他の人間には見えていなかったのだ。三人がけのシートに一人、しかも真ん中のB席に座り、日よけの閉まった窓に向かって喋り、笑っていた晋作は不審者に見えたのだろう。

泣きたいのに笑いたくて、笑いたいのに泣きたくて――晋作は大きくため息をついた。

「貢らしいな。あいつは中学の頃から突拍子もないことばかり、しでかしてたもんな」

都筑が涙の溜まった目で晋作を見つめ、「……ああ、そうだな」と頷いた。

「俺もおまえも、最後まで振り回されてばっかりだ」

晋作と都筑はどちらからともなく立ち上がった。

「どうする？」都筑が気遣うように、晋作の顔を覗き込んだ。

「もし――なんなら、おまえは急用で帰ったってことにしとくけど」

晋作は首を振った。「同窓会まで仲間ハズレは勘弁してくれよ。これで、貢が死んだことを黙っとかなきゃいけない人間はいなくなったんだろ？　貢を酒の肴に飲もうぜ。それに――」

晋作は何とか笑顔を作った。

「あいつ、人に泣かれるのは苦手だって言ってたぞ。どうせ、あいつのことだから、同窓会の会場のどこかで俺たちのことを見てるに決まってる。俺がここでいなくなったら、泣きに帰ったんじゃないかって思うじゃないか」

やっと都筑が笑顔になった。

「そうだな……。よし、じゃあ、出てくるようにあいつの話をたくさんしてやろうぜ」

（どっちの生き方も正解だった、か）都筑の先に立って歩きながら、晋作は貢の言葉を噛み締める。思い返せば、あれは健康に気を配りすぎていた晋作への気遣いでもあり、短い人生だった自分を誇るような口ぶりでもあった。

何年先になるのかわからないけれど、今度会ったらぶん殴ってやろう、と晋作は拳を握る。最後の最後にとんでもないイタズラをしかけやがって、と文句を言って、でも、確かにどっちの生き方も正解だったよなと、言ってやろう。

新幹線で見た貢の笑顔が、浮かんでくる。

イタズラのお礼に、たっぷり待たせてやるから、覚悟してろよ——貢の笑顔に笑い返しながら、晋作は『西中学同窓会さま』と立札がしてある会場のドアをゆっくり押し開けた。

「なぁ、幸福の黄色いハンカチって知ってるかい？」

あまりにも唐突な質問だったからだろうか。その青年は黒目がちな目を数秒しばたたき、「知りません」と、ひと言だけ答えた。

「そうだよなぁ……昔の映画だしな」

思ったとおりの答えが返ってきて、私は頷きながら駅の売店で買ったお茶を飲んだ。別に答えなど求めていない、ちょっと思い浮かんだから口にしただけのことだ。窓の外を見るとどこかの駅へ到着したのか、特急列車は徐行しながらホームで待つ人々の前を、ゆっくりと通り過ぎて行った。平日のせいか乗降客もほとんどいない。東京駅から自由席のこの座席に座るときも、急ぐ必要なく悠々と座れたなぁ、と、ぼんやりそんなことを考えていたら突然声がした。

「……知らないわけではなくて、観たことがないんです」

ぼそっと呟くので最初はひとり言かと思った。が、すぐに「ああ！　さっきの話か！」と私は素っ頓狂な声をあげてその青年に思わず笑いながら答えた。けれど青年は別段おかしくもないようで、目を伏せるとスッと視線をそらす。いまどきの子供とは、こういう感じなのかと心の中で苦笑した。私の中では「知りません」と言われた時点でその話は終わっていたのに、どうやら青年はそうではなく、しばらくその問いに対して答えを考えていたらしい。

どうにも会話のテンポがかみ合わない。この年の子は、メールやパソコンなどで人と接触することが多いと聞くが、その影響なのだろうか。私の世代は打てば響くというか、もっとこう相手の目をしっかり見て話したものだが。まぁ、今年六十五歳の私なんて、この青年から見たらジイさんなのだから無理もないのだが。確か十七歳だと言っていたよな。旅は道連れというくらいだから「ここいいですか?」と東京駅で列車が出発する前に、私の目の前の座席を指されたときは「ああ、どうぞどうぞ」と愛想よく勧めてしまった。平日の朝八時。高校生がひとりで特急に乗るのはなぜだろうと好奇心が働いた。だが、その青年は特にこちらに話しかけることもなく、静かに私の前に座っている。

もうすぐ春がやって来ようとしている三月の朝。他の席はがらがらだというのに、二人の男を乗せた特急列車は、定刻どおりに線路を北へと進んで行った。

「その幸福の黄色いハンカチがどうしたんですか?」

青年は気になったのか、続きを促すように尋ねてきた。他にろくに世間話もしないまま、なぜかそのことに頓着して聞いてくる。だいたい相席となったこういう場合、行く先を尋ねたり気候などの他愛ない話をするものなのだが。まぁ、いいか。世代なのだろう。

普段はこの年の頃の青年とは話す機会などなく、たまたま乗り合わせた偶然。東京駅から特急で次の停車駅の高崎まで約一時間、特にすることもないのだし、話してみようか。

そう思ったのは気まぐれだったのか、私は気がついたらその青年を相手に口を開いていた。今だかつて誰にも話したことのない、私のみっともない身の上話を。そう、まるで映画の中の幸福の黄色いハンカチのように。

その映画はだな、ひとりの服役した男が北海道の網走で、刑期を終えて出所したところから始まる。そしてたまたま出会った若い男女と一緒に、かつて結婚していた妻に会いに行く物語なんだ。こういうと単純に聞こえるだろうけど話はそうたやすくない。途中で色々なトラブルに遭う。その男は殺人を犯して刑務所に入っていたものだから、本当は妻に合わせる顔がない。だがな、やっぱり会いたいんだ。もしかしたら自分を待っていてくれているかもしれない、いいやそんなはずはないと葛藤する。長い年月が経っているのだから、妻は他の男と所帯を持っているかもしれない。顔も見たくないと塩でも撒かれてしまうかもしれない。そう考えたら怖くてな……そこまで話して私は言葉を止めた。

話ながら気がついた。映画とまったく同じように辿っているわけではないのに、まるで自分の気持ちを話しているようだと。

私はこの特急で北に向かい、その先の列車をいくつか乗り換えて群馬の草津に向かう。表向きは温泉旅行なのだが、本当はそうではない。あの地に足を踏み入れるのは三十五年ぶり。そして映画と同じようにかつて結婚していた妻が、あの頃存在していた私の家庭が、現在はどうなっているのかこの目で確かめたいと思っているのだ。

「刑務所に入っていたんですか？」また、唐突な質問が降ってきた。顔をあげると黒目がちな瞳でこちらを見ている青年と目が合う。つい苦笑してしまう。こういうことがよく聞けるなと、感心してしまう。私の世代なら察してそれ以上は踏み込まないだろう。話に前置きがないのは、世代だけでなくこの青年が単に不器用なのか。幸いそうではないと口にすると、心なしか青年はホッと息を吐いたような気がした。

刑務所には入っていない。入っていないけど罪を犯したも同然のことをした、私はそう呟き、再び話の続きを語り始めた。

私は草津で二十代の頃、蕎麦屋を経営していた。元々は妻の父、つまり義父の代からの店だったのだが、義父が脳梗塞で倒れ、若くしてあの世に逝ってしまって急遽あとを継いだ。蕎麦なんかこねたことがないのに必死でそば打ちを覚え、義母に秘伝のつゆの味を教えてもらった。大変なりにも充実していると思った。

妻と出会ったのはその蕎麦屋だ。大学生の頃、私は夏休みにたまたまその地でアルバイトをした。旅館に住み込みで働きながら、雑用のようなことをやっていた。約二ヶ月間その旅館で生活し、帰る頃には温泉街のほとんどの店の店主の顔がわかるくらいに馴染んでいた。だからその蕎麦屋のこともよく知っていた。高杉蕎麦店。最初はアルバイト店員だと思っていた妻が、そこの看板娘だと知った。その頃の妻はとても可愛くて、くるくるよく動く大きな目に、くせ毛で少しぽっちゃり目の容姿が愛くるしかった。妻はそのことを気にしていたようだったが、私はわざとそれをネタにからかったりしていた。そしていつの間にか妻を好きになり、東京の大学を卒業したあと、この地に戻って来ようと決めた。

甘酸っぱいようなあの頃。思えば一番、幸せだったかもしれない。毎日が楽しくて、それがずっと続くと信じて疑わなかった。忘れてたな、ずっと。いや、思い出さないように封じ込めていた。ひとりでいるときにこの感覚を思い出すと、辛くて耐えられなくなりそうだったから。

そこまで話し終えると私は息を吐いた。

「それがどうして罪を犯したも同然に繋がるんですか?」青年は私の心中などおかまいなしに

聞いてくる。私は息を吐きながら、言葉を押し出した。

「それはな、私はそのあと、そこにあったものすべて捨てて、放り投げるように逃げてしまったからなんだ」重くそう呟くと、再びその続きを話し始めた。


大学を卒業した私は東京から草津に移ると、すぐに妻と結婚した。義父のもとで蕎麦の修業をし、いずれ高杉蕎麦店を任せてもらうつもりだった。だが職人気質の義父はなかなか蕎麦を触らせてくれず、その腕を教えてもらう前にこの世を去った。それからは必死だった。

妻も一緒になって店を切り盛りしてくれたが、私たちの間に生まれた息子がまだ二歳と手がかかる時期で、加えて高齢の義母にもかなり負担がかかった。義父が逝ってしまった翌年、まるで追いかけるように義母も病気でこの世を去った。

それからは、まるで坂を転げ落ちるように店が傾いていった。もともと腕があったわけでもない。長い見習い期間を経たわけでもない。ましてや東京ものの、蕎麦のことなど何も知らない私が経営する店など繁盛するわけがない。店は見る見る間に赤字となり、温泉街の組合の人たちともうまくいかなくなり、借金だけがかさんでいった。

妻のもとに転がり込むように結婚した私など、もともと根性などなかった。何年かはそれでも持ちこたえてなんとかやってきたのだけれど、もうどうにも立ち行かなくなると、私は逃げるようにしてそこを捨てた。

蕎麦屋も妻も、五歳になっていた息子も。そして草津も。

それが私の犯した最大の罪。法に触れなくとも、許されるわけがない。


話し終えたら一気に気持ちが暗くなり、私は黙り込んだ。青年も今ばかりは空気を読んでか、なにも尋ねてはこない。

列車は順調に走っている。いつの間にか東京とはまったく違う景色に様変わりしている。

「変な話を聞かせて悪かったね」

私は無理矢理、笑顔を作ってそう言った。「そういえばキミの名前はなんて言うのかな？　まだ聞いてなかったね」空気を変えるつもりでそう尋ねてみる。

「……大和です」「ヤマト？」「はい。下の名前が大和と言います」青年はそう口にする。「大和って戦艦大和の大和かな？　いい名前だね」私がそう感心すると、青年は曖昧に笑った。「そうか、大和くんか……そういえばかつて私も戦艦大和に凝ったことがあったなぁ」懐かしむつもりでそう呟いたとき、車両にアナウンスが入り次の駅が高崎だと告げた。

「じゃあ、ありがとう。話を聞いてもらって嬉しかったよ」私は笑顔を向けると、網棚から荷物を下ろして乗降口へと向かった。

ホームに降り立つと息が白かった。さすがに東京とは違う。もう昔のことだから途中下車のこの駅も、すっかり変わってしまったようで、まったく当時の記憶が蘇ってこない。乗り換えの次の電車を待つまでに、私は自動販売機で温かいコーヒーを買った。まったく変な話を聞かせちまったな……プルトップを開けながらひとり苦笑する。電車が到着するまで十五分。伸びをしてベンチに座ろうと振り向くと、思わず私の動きは止まった。

そこに大和くんが座っていたのだ。

「キミも、ここで降りたのか？」

偶然とはいえ驚きを隠せないままそう聞いてしまう。「はい」とだけ短く答える大和くんは、なぜか私の荷物の隣に腰かけていた。

「……行き先は？」そこで初めて聞くと、同じ「長野原草津口」だという。草津の温泉街。そうか、まさか同じところだったとはな。座ったままうつむく大和くんを見ると、私はついさっき話して聞かせた内容を思い出し、気恥ずかしくなってしまった。あれきり会うこともない人間だと思ったからこそ、話すことができたというのに。

まぁ、いいか。こうなると本当に幸福の黄色いハンカチみたいじゃないか。もしかしたら途中まで誰かが一緒にいてくれた方が、決心を鈍らせることなくあの地に足を踏み入れることができるかもしれない。

私たちはまるで連れだって歩くように、ホームに滑り込んできた次の電車へと乗った。

日が差してぽかぽかと暖かい電車の座席で、私と大和くんは隣り合わせで座った。こうなるともうすべてを話してしまえと、私はさきほどの話の続きを口にする。

東京に逃げてしまった私は金もなく、けれど自分のやってきたことのあまりの恥ずかしさに、誰にも頼ることができなかった。両親はせっかく東京の大学まで出したというのに、さっさと群馬に行って婿入りしてしまった息子のことなんかとうに諦めていた。

私は住む家もなくホームレスとなった。たった三十歳で世捨て人のような生活を送り、草津に残してきた家族のことは無理に忘れ、どん底のような生活を味わった。だが、世の中の景気がよくなると共に、私はどうにか少しずつその生活から抜け出した。同じようなホームレス仲間から日雇いの仕事を紹介してもらい、他にやることも責任もないから、ただ毎日コツコツと働いた。幸い物欲もなにかを始める才覚もなかったため、段々と金は貯まり古いアパートくらいには住めるようになった。

そうして日雇いで働いていた、赤羽の印刷工場の製本の仕事がいつのまにか職業となり、私は定年までそこで工員として働いた。出勤日には工場で働き、つつましい生活を過ごす。ただ、それだけ。そして定年を迎えたあとは警備のアルバイトに就き、今もささやかなその収入と年金で暮らしている。もちろんあれから一人だし、誰かと住むこともない。

ここまで話し終えて十五分。たった十五分で話してしまうことのできる私の人生。

「……帰りたいと思ったことは、一度もないんですか？」

来たな、直球の質問が。今ではもうすっかり慣れてしまったため、私は抵抗することもなく素直にその質問を受け止めた。

「そりゃあね……ないわけじゃない」

だが、あんなことをしておいて帰れるわけがないんだよ。この三十五年間、幾度あの地を思い出したか。湯畑があってごうごうと温泉が湧き、ぽっちゃりした妻とまだ小さかった息子と一緒に手を繋いで歩いていたあの頃。店は大変でも、この家族さえいれば頑張れると思っていた。独特の匂いと温泉街。気を抜くと何かの拍子にあの頃を思い出してしまう。すると封じ込めた記憶が一気に襲いかかり、涙が出てしまう。

けれど堪え性がなく弱かった私は、それらをすべてほっぽりだして逃げてしまった。温かい家族を壊し台無しにしてしまった。自分のふがいなさを思うと、泣きたくなると同時に死んでしまいたくもなるのだ。

「すまない。また、こんな話になってしまったね」

気を取り直すように笑顔を見せる。だが、大和くんは容赦がなかった。

「でも、今、帰ろうとしてるんですよね？」ドキッとすることを言ってくる。

「ああ、ある事情があって草津へ行くきっかけができてね。だから映画のように東京から妻にはがきを送ろうと……」そう、幸福の黄色いハンカチでは、網走から出所した直後、主人公は妻のもとにはがきを出しているのだ。もし受け入れてもらえるなら黄色いハンカチを物干しに吊るしてほしいと。

「出したんですか？　はがき」大和くんが問う。私は首を横に振った。

「物語のようにはいかないよ。まず、妻があの場所に住んでいるとは思えない。借金をそのままにして私が逃げて行ったんだ。あのまま同じ場所にいられるはずがない」つくづくひどいことをしたのだと思う。

「それに実は……もう、私の籍は抜かれていたんだ」そう、アパートを借りる際、戸籍謄本が必要だった。取り寄せてみると私の名が猪崎《いさき》に戻っていた。猪崎というのは私の旧姓だ。どうやら法律では、失踪した連れ合いが何年も帰って来なければ、そういうことができるらしい。だから妻は私を待ってなどいない。それこそ誰かと所帯を持っているかもしれない。

そんな映画みたいなこと望んではいない。私がそう告げると、電車がちょうど降りる駅に到着した。

渋川の駅に降り立つと、ますます寒さが身に沁みた。またここで乗り換えてあと一時間あまりで目的地に到着する。私は大和くんと次の電車に乗り込んだ。ローカルな雰囲気のする列車。二人で並んで腰を下ろす。

「そういえばどうして私が草津まで行くことになったのか、まだ話してなかったね」

私がそう口にすると大和くんがこちらを見る。とても不思議なのだが、大和くんが次に何を聞こうとしているのかが何となくわかってしまう。長い時間をこうして話を聞いてもらっていたからなのか、私は目の前の十七歳の青年にすっかり心を許していた。決して器用ではなく口数も少ないのに、なぜか妙に和む。不思議なものだな、ふとそう思った。

「話の続きはな……」

実は数ヶ月前、こんなことがあった。警備のアルバイトで、工事現場の道路の車の誘導をしていた。その際に近くの踏切に小さな子供が入り込んだ。親が目を離した隙に、子供は遮断機の下りた線路内に侵入してしまった。まだ二つくらいの男の子だ。もう電車はすぐそこまで迫っている。私は周りの悲鳴が聞こえる中、遮断機を持ち上げて線路に入り、間一髪のところで子供を助けた。幸い子供は転んでできたかすり傷程度で済み、私は消防署に感謝状をもらった。いいと言うのに子供の親が頼み込んだらしく、私はとても恐縮してしまった。

なぜなら私がその子を助けたのは、決して正義感などではないからだ。私はいつ死んでもいいと思っていた。家族を捨ててきたあの日から、ずっとそう思ってきたのだ。私に人生を楽しむ資格などないのだし、これまで心から楽しいと思ったことなんか一度もない。ただ毎日、生きているだけ。そんな気持ちが私を線路に向かわせたのかもしれない。怖いというより自分のことはどうなってもいい。ただ目の前の子供を助けなければ、それしか頭になかったのだ。

ところがだ。助けてみたら、あまりにも子供の親に感謝されて驚いた。子供の両親は泣いて私に命の恩人だと言った。子供は泣いたあとは無邪気に笑い、その笑顔を見ていたら「ああ、生きてくれていてよかったな」と心からそう思った。そしてこんな私でも人の役に立つことがあるのだなと、胸が熱くなった。そんな風に感情がなにかに突き動かされるのは久しぶりのことだった。

そんなとき、子供の両親が謝礼を持ってきた。とても受け取れないと断ると、後日、私にある切符をくれた。それが草津温泉への旅行の招待状だったのだ。年金暮らしの老人を気遣ってなのか、往復の特急券まで入っていた。

「人助けのあとに草津までの切符なんて……まるで見えない何かが働いているように感じてね」これは行けということなのだ、そう私は思った。

そんなわけでこうして今、電車に揺られて草津に向かっているというわけだよ。そこまで話して私は息を吐いた。静かな沈黙が流れる。タンタン、タンタンっとローカルな電車の音だけが響く。

だが果たして、私は草津まで行って何をしたいのだろう。今さら許してもらおうなんて考えていない。あれから三十五年も経ったのだ。きっと私と同じように妻も年をとっているだろう。あの頃、五歳だった息子は今では四十歳だ。中年のいい親父になっている。ひとりぼっちになった妻を、大事にしてくれている息子に育ってくれているといいが……。

結局、考えがまとまらないまま、電車は長野原草津口駅に到着した。私は改札口からロータリーへと降り立ち、周りを見渡しながら当時のことを思い出してみる。だが、まったく思い出せない。無理もない。長い年月も経てば、駅前もすっかり変わっていて当たり前なのだ。

どうやって草津温泉行きのバスに乗ったらいいか迷っていると、大和くんが「こっちです」と、すぐに私を到着したばかりのバスへと案内した。彼はスキー場へ向かうわけでもなく、私と同じ温泉街が目的地らしい。

「そういえばキミは軽装だし荷物もないし、いったい何をしに温泉街へ行くのかい?」

今さらながら疑問に思ってみると、笑みだけ返される。そして小さな声で「僕は懸け橋ですから……」とそう言うので私はますます首を傾げた。そういや自分の話ばかりして、この青年のことは聞かずじまいだったな、そう考えているとバスが出発する。

バスがのどかな道を走り始めると、忘れていた記憶が徐々に蘇ってきた。どこがどうと覚えているわけではないのに、匂いや雰囲気で身体が何かを感じ取る。途端に私の中で、切ないような想いが湧き起ってくる。ああ、懐かしいな。そうだ、こうだった。雪解けしたばかりの田舎道、観光地だからか様々なナンバーの車が走る道路。

懐かしい想いと同時に後ろめたい気持ちでいっぱいになる。引き返すなら今だと思う。だが、本当は引き返そうなど微塵も思っていない。そうか。本当は帰ってきたかったのだな。私はここにずっと帰ってきたかった。考えないようにしていたけれど、三十五年間、気持ちはずっとここに残したままだったのだ。

気がついたら私はバスの前の座席のシートを掴み、身を乗り出すようにして窓の外の景色を眺めていたのだった。


そしてやがて、バスは草津温泉前に着いた。

乗降口から降り、懐かしい温泉の香りを思いきり胸いっぱいに吸う。あんなに降り立つのが怖いと思っていたのに、いざ着いてみると急くように湯畑の方に向かった。熱い熱気が立ち上り、岩の間をごうごうと音を立てて温泉が流れる。歓楽街の中心に、とうとう私はやって来た。

やはりあの頃とは変わっていた。よりモダンに観光地らしくなったような気がする。周りの店を見回しても、あの頃の店がそのままなのか、店主が変わったのかまったくわからない。そうだよな。これが現実だ。あれから何年経っているると思っているのか。当時のまま店がそっくり残っているなんて、よっぽど代を大切に受け継いでいった店しかないに決まっている。だったらあの店なんてなおのこと。今から私が行こうとしている、かつて私が経営していた高杉蕎麦店。あれがそっくりそのまま残っているなんて、あるわけがないのだ。

気持ちが急に冷えていった。

その瞬間、私は悟った。この草津まで今回、何をしにやって来たのか。

私は妻に、そして息子に会いたかった。認めないようにしていたけれど、私は焦がれるくらいに家族に会いたかったのだ。

湯畑の脇を歩き急坂を下りる。ここから狭い路地に入り、奥まったところに私のいた高杉蕎麦店がある。心臓がまるで太鼓のように大きな音をたてる。この先に店はあるのかないのか。

それ以上進めないでいると、ずっと付いてきていた大和くんがスッと前に進み出た。振り向いて私に言う。「行きましょう」やはり彼と来て正解だったかもしれない。私は大和くんに導かれるように、狭い路地を前へと進んだ。

店はなかった。

かつてあったその場所は、今ではお土産屋に変わっている。和風の小物を集めた若い女性に人気のありそうな店だ。店主も若い。もちろん見覚えのない他人。やっぱりそうだなと思った。いくらなんでも映画のようにいくとは思わなかったけれど、こう現実的な結末を知ると、やるせない気持ちになる。知らなかった方が良かったとさえ、思ってしまう。

私の頭の中では、あの頃のいちばん幸せだった家族がいる。草津にはあの頃の自分たちがなぜかちゃんとそこに存在していて、笑顔を絶やさずに暮らしていると思っている。たとえそれが幻だろうと構わない。台無しにして出て行ってしまった一方、思い出だけはそのままの形で残っていると、そんな風に東京で想像している方がまだよかった。

あまりにも目の前の老人が気を落としていたからか、ずっと無表情だった大和くんが「大丈夫ですか?」と聞いてきた。「ああ、大丈夫だ」なんとかそう答えると、大和くんが少し先を歩いてこちらを振り返る。「こっちです」そう言いながら、もう少し奥へと進む。そっちに行くと歓楽街を外れる。なんだろうと思いながらも、すっかり気落ちしてしまった私は何かを考える思考さえ湧かず、ノロノロと大和くんに付いて行った。

大和くんは狭いひとつの店の前で足を止めた。シャッターが下りて但し書きの張ってあるその店を、私は訝しげに見つめる。「この店がなんだって言うんだ?」そう口に出す。

「蕎麦屋がなくなってから、ずっとこの温泉まんじゅうの店で働いてたんです」

大和くんはそう言って私を真っ直ぐに見た。蕎麦屋がなくなってから？　温泉まんじゅう？　ますます不可解な言葉に首を傾げていると、大和くんはさらに続けた。

「この店は他の人がオーナーだから雇われ店主だけど、蕎麦屋のあと、ずっとここに働いてました」もう一度、同じ言葉を繰り返した。

「いったいキミは何を言ってるのかな？　私が行きたかった店はさっきからずっと話している、かつて私が経営していた……」

言いかけて言葉を飲みこんだ。そして恐々と口にする。

「キミは……誰だ？」

黒目がちの大きな目。少しくせ毛の真っ黒い髪。まさか……。

「……僕は高杉大和です」

「……」

「……今まで猪崎さんが話してくれた奥さん……つまりそれは僕のおばあちゃんです」

すぐに言葉が出なかった。いったいどういうことなのか？　私がずっと話していた妻が、大和くんのおばあちゃん？　ということは、大和くんは……。

私は大和くんを、まるでたった今、初めて見た青年のように凝視する。

「本当は猪崎さんをここに連れてくることに父は反対してたんです。あまり話してくれたことはないけど、やっぱり複雑な想いがあるようで……」

ちょっと待ってくれ。今、私を連れて来ると言わなかったか？　いったい何を言っている。私は自らの意思で、あの子供を助けた両親からの懇意の往復切符をもらって……。それに父と言ったな。父とは私の記憶にある、あの小さかった五歳の息子のことか？

すっかり混乱した私に向かって大和くんが語り始める。ボソボソととても話が上手とは思えない不器用さで、言葉を選ぶように。

新聞で見かけたのだという。たまたま学校の研究発表のため、題材はないかと新聞を隈なくチェックしていた。すると東京の新聞の小さな欄に人命救助の記事を見つけた。何気なく読んでいると、踏切に立ち入った子供を命がけで救った老人の名前があった。猪崎健二さん、六十五歳。珍しい名前と年齢でピンときたという。どうしても確かめたくなった。その人が本当にかつて自分の父や祖母を捨てた人なのかと。

そこには表彰式の日時が掲載されていた。東京なら遠くない。彼は上京し、真実を確かめることにした。表彰式の様子は消防署内で行われたため見ることはできなかったけど、建物に出入りする私を遠くから見かけた。確信した。間違いない。なんといっても、自分の父親にそっくりの顔をしていたのだから。

消防署にかけあって、どうにか私の連絡先を聞き出そうとしたが教えてもらえなかった。そんなとき子供を助けられた両親が、私に謝礼を受け取ってもらえなかったと途方に暮れている様子を見かけた。彼はその人たちに提案した。あまり気後れしない程度の、ささやかな旅行券ならきっと受け取ってくれる。よかったら自分に手配させてほしい。自分はあの老人の孫なのだから、好みはよく知ってるからと言いながら。


「もし、あなたが東京駅に現れなかったら諦めようと思ってました」大和くんはそう呟く。

たった今、聞かされた話に混乱しながらも納得する。そうだったのか。だからあんなにガラガラの座席の中で、わざわざ私の前に腰かけたのか。私はなにも知らずに語ってしまった。自分のみっともない人生の話を。それも自分の孫に向かって。

「だったらよくわかっただろう？　私のしたことが。許されるはずもない、何か大きな理由もない。私はただ家族を捨てた。自分勝手にただ捨てたんだ」

「……でも、子供を助けたじゃないですか。一歩間違えてたら自分が死ぬかもしれないのに。それを知ったから僕はあなたに会いに来たんです。ここにどうしても連れて来たかったんです」

連れて来てどうなる？　謝ったって済む話ではない。なぜ、わざわざそんなことを……。

　すべてを晒してしまった恥ずかしさと、いたたまれない気持ちになって私は踵を返す。が、彼が私の腕を掴む。そして叫んだ。

「会ってやってください！　おばあちゃんに」

　その言葉に動きを止める。彼の口から出るおばあちゃんという言葉が、一気にあの頃の妻の姿をハッキリと浮かび上がらせる。

「そんなことできるはずがない。私は東京に戻る！」

　怒ったようにそう言ったときだった。

「もう、あと数日ももちません。癌でずっと入院していて意識も混濁したり戻ったり……」

　大和くんの声が震えている。

「でも、こうなってから昔のことばかり話すんです。猪崎さんが僕に話してくれた頃の話。同じだと思いました。きっとおばあちゃんは猪崎さんに会いたいはずです」

　私は首を振る。

「そんなはずはない。絶対に恨んでる。私は会う資格なんかない」するとと彼が言った。

「大和って名前……父がつけたんです。戦艦大和から取ったって……」私はゆっくりと彼の方を向いた。「父は戦艦大和に関しては本当にマニアで、小さい頃からずっと好きだったそうです」

そうだった。息子は確かに戦艦大和が好きだった。どちらかというと私が息子に伝授したようなものだ。ほとんど私の趣味でプラモデルを作った。それを息子はいつも喜んで眺めていた。あまり構ってやれなかったけど、唯一の思い出でもある。「お父さん！　戦艦大和ってかっこいいね！」あの笑顔を思い出し、一気に何かが込み上げてくる。

「新聞であなたの名前を目にしたのは奇跡だと思った。そして僕が大和だと名乗ったら、あなたはすぐに戦艦大和を口にした。おばあちゃんに会わせなければ、そう思った。そして心のどこかではあなたの存在があったはず。僕の名前がその証拠です……」

本当に不器用なのだなと思った。目の前の青年は必死で私を説得しようとしている。きっとさほど人付き合いも上手くなく、積極的にあまり動かない方だろうと思える彼が必死な表情で。

「病院はすぐそこです。歩いて五分もかかりません」

彼は歓楽街の端っこから、大通りに続く細い坂道を指差した。

本当に会いに行ってもいいのだろうか。そんなことをしても、許されるのだろうか。

大和くんは真っ直ぐに見つめる。私が答えを出すのを辛抱強く待ちながら。

私はゆっくり歩き出した。

彼の言う、坂道の向こうに向かって。

十二月二十四日のクリスマスイブに、お母さんは退院してうちに帰ってきた。

私は夕食にホワイトシチューを作った。お母さんの好きな料理だ。家族四人で食卓を囲んだのは一ヶ月ぶりだった。

「千鶴《ちづる》、料理上手になったね」

シチューを味わいながらお母さんが言った。

「ルー使ったんだよ」

「そんなの関係ないよ。とってもおいしい」

お母さんは立てた親指を「ぐー」と私に向かって押し出す。私はちょっと照れくさくてうつむいた。だけど本当は、ほめてもらったことがとっても嬉しかった。退院したお母さんにそう言ってほしくて、この一ヶ月慣れない家事を頑張ったのだ。

するとお母さんが、「あれ」と声を上げた。

「真理、野菜食べられるようになったの？」

妹の真理はシチューの中のブロッコリーを口に運んでいるところだった。その手をとめて、誇らしげに「うん」とうなずく。

「まり、いい子でしょ。いい子はすききらいしちゃいけないんだよ」

「真理もお母さんがいない間、頑張ってくれてたんだね」

お母さんはそう言って、真理の頭に手を伸ばした。確かに真理は「いい子」を頑張っていた。でもそれは、決してお母さんのためじゃない。下心があったからだ。

「真理はサンタさんに来てほしいから、いい子にしてるんだよね？」

私が聞くと、真理は悪気なくうなずいた。お母さんは弾けるように笑い出す。

「そっか。真理はプレゼントのために頑張ってるんだ」

十一月にお母さんが入院してから、真理はそれまで以上にだらしなくなってしまった。保育園から帰ってきても手洗いうがいはしないし、遊んだおもちゃを片づけようともしない。テレビを見ながらご飯を食べるからよくこぼして、毎日夜更かししていた。姉の私が叱っても、全然言うことを聞いてくれない。

だから私は言った。「いい子にしていないと、サンタさんがプレゼントを持ってきてくれないよ」と。その言葉は、サンタさんにおもちゃを頼んでいた真理に効果抜群だった。

それから真理は、とてもいい子になった。一番苦手だった早起きも頑張った。朝、私が真理に起こされることも珍しくなくなったくらいだ。家事も手伝ってくれるようになったし、今まで絶対に自分から食べなかった野菜だって、息を止めながらもちゃんと食べている。

「サンタさん、来てくれるといいね」

お母さんの言葉に真理は「くるよ」と自信満々の様子だった。

二十五日、私はキャッキャと喜ぶ真理に起こされた。時間はまだ朝の五時だ。

「おねえちゃん、サンタさんきた！」

寝ぼけまなこの私の枕元で、真理はプレゼントの包装をビリビリと破きはじめる。同じ部屋に布団を四枚並べて寝ていたお父さんとお母さんも、身を起こした。

「うさぎさんのおうち！　一番ほしかったやつだ」

真理が大好きで集めている動物の町に、今日から新しい仲間が加わったようだ。

私は頭まで布団をかぶってもう一度眠ろうとしたけれど、真理がうさぎを使っておままごとを始めてしまったので、結局眠れなかった。

「ほら、朝ごはんだよ。ちゃんと片づけて」

お母さんと支度をしながら真理に声をかけた。しかし、真理は「はーい」と口先で返事をするだけで、おもちゃに夢中だ。出社前のお父さんが見かねて、新聞から顔を上げた。

「真理、早く着替えて、顔洗いなさい」

「やだ！」

あまりに潔《いさぎよ》い反抗に、お父さんとお母さんは顔を見合わせた。私は「ここは任せて」と二人に目配せをして、真理と同じ視線まで屈んだ。

「いい子にしないと、サンタさん来ないよ」

その言葉は効果抜群のはずだった。しかし真理はおもちゃから顔も上げなかった。

「だいじょうぶ、サンタさん、もうきたから」

「でも、ほら。来年のクリスマスのために、いい子にしなくちゃ」

「また十一月になったら、いい子になる」

今度は私も、お父さんお母さんと顔を見合わせた。

残念ながらサンタ効果は完全に切れてしまった。真理は一ヶ月前に逆戻り。野菜は残すし、遊んだおもちゃも片づけない。夜も動物たちの町に夢中になって、なかなか寝なかった。

「いい加減寝なさい」

お母さんに叱られても、「もうすこし」と繰り返すばかり。いつもならここで、お母さんの雷が落ちるところだ。病み上がりなのに怒鳴らせるなんてと思ったけれど、お母さんは意外にも笑顔のまま真理に言った。

「真理、知らないんだ」

お母さんの口ぶりは、少し挑発的だった。真理はうさぎをもつ手を止めた。「なに？」という真理の言葉を待って、お母さんは続ける。

「サンタさんのお弟子さんの、ヨンタさんのこと」

そのいたずらっぽい笑顔で、私はお母さんが真理をからかっているのだとすぐに分かった。第一、サンタの次がヨンタなんて、思いつきにしても単純だ。しかし、真理は興味を持ったらしい。うさぎを置いて身を乗り出した。

「だれ、ヨンタさんって」

「ヨンタさんはね、一年中子どもたちがいい子にしているか観察してるんだよ。サンタさんにこーんな大きい双眼鏡を借りてね。サンタさんは忙しいし、もうおじいさんだから、ずっと見ていることはできないでしょ」

お母さんは顔よりも大きな双眼鏡を構えるフリをした。そして真理の顔をじっと見つめる。

「一年中？　でも、サンタさんは一ヶ月いい子にしてたらプレゼントくれたよ」

真理が少しむくれて言った。

「今年はそれでよかったかもね。でも真理、来年から一年生でしょ。もっといい子にしなきゃいけないから、ヨンタさんの観察リストに入っちゃったってわけ」

ヨンタさんの突然の登場に、真理は納得できない様子だった。頭をかしげて、うーんとうなっている。それまで黙っていた私は、横から口を出した。

「ヨンタさんにもいい子って認めてもらえたら、ヨンタさんからのプレゼントももらえるかもしれないよ」

真理の顔がぱっと輝いた。対照的に、お母さんが目を丸くしてこちらを振り返ったけれど、気がつかないフリをして続ける。

「ヨンタさんだから、そうだ。四月二十五日の朝、枕元にプレゼントがあるかもしれない」

真理は「いい子にする！」と跳びはねた。すっかりヨンタさんを信じたらしい。私の妹ながら、現金な子どもだ。お母さんは慌てた様子で首をひねった。

「いや、どうだろう。ヨンタさんはまだ弟子だから、プレゼントくれないんじゃないかな」

お母さんの言葉が聞こえているのかいないのか、真理は早速画用紙を広げペンを握った。ヨンタさんへの手紙を書いているようだ。真理はその画用紙を大事に折って、枕の下に入れて眠った。

お父さんが帰ってきてから、三人でそっと手紙を引き抜いた。

《ヨンタさん　りすのパンやさんください。まり》

不格好な字で書かれた手紙を読んで、私とお父さんは笑った。お母さんはため息をついて私を見た。

「まったく、よけいなこと言って」

「お母さんがヨンタさんなんて言いだすからだよ」

入院していたときのお母さんは、笑っていてもやっぱりちょっと元気がなかった。でも今日真理をからかっていたお母さんは、久しぶりにいたずらっ子みたいな笑顔を浮かべていた。だから私も嬉しくて、この小さないたずらに参加したくなってしまったのだ。

仕方ないなとお母さんは、画用紙の下に返事を書いた。

《まりちゃん　私はサンタさんのでしだから、プレゼントはあげられません。でもいい子にしていたら、来年のクリスマスにサンタさんがプレゼントをくれますよ。ヨンタ》

翌朝、真理はヨンタさんからの手紙に喜んでいた。でも内容は気に食わない様子だった。保育園から帰ってくるなり、まじめな顔で手紙を書きだした。

《でしでもいいよ。プレゼントください。まり》

その翌朝も、真理のもとにはヨンタさんからの返事が届いた。

《わたしが一人前のサンタさんになったら、一ばんにまりちゃんにあげましょう。それまでしっかり、はやねはやおきをしてください。ヨンタ》

「一人前ってなに？」と真理に聞かれて、私は仕事がちゃんとできる大人のことだと教えてあげた。真理はふむふむとうなずいて返事を書く。

《いついちにんまえになりますか。まり》

《まだわかりません。じつは、サンタさんのしゅぎょうはきびしいんです。まりちゃん、きょうはピーマンをのこしましたね。ちゃんとたべないといけませんよ。ヨンタ》

翌朝届いた手紙を読んで、真理は「すごい」と目を丸くした。

「ヨンタさん、わたしがピーマン残したところ見てたんだ。おっきい双眼鏡で！」

真理は腕を広げて、双眼鏡の大きさを想像していた。

年を越えても、真理とヨンタさんの手紙の交換は続いた。

《しゅぎょうはなにをしますか。まり》

《トナカイのソリののり方や、えんとつのおり方をならったり、みんなのほしいものを知るまほうをべんきょうしたりします。まりちゃんも、しっかりべんきょうしてください。うちにかえったら、うさぎさんとあそぶ前に、すうじのおべんきょうをするおやくそくですね。ヨンタ》

《きょうは、すうじのおべんきょうしました。まりはいい子です。イチタさんや、ニタさん、ゴタさんもいますか。まり》

《イチタさんとニタさんは、とてもおじいさんなので、もうしごとはしていません。ゴタとロクタは、わたしといっしょにサンタさんをてつだっています。まりちゃんも、ちゃんとおかあさんのおてつだいをしてください。いつもあそんでばっかりで、おかあさんのおてつだいをしていませんね。ヨンタ》

ヨンタさんから真理への手紙はいつもお説教くさい。私は読みながら笑ってしまった。

春、私は中学生に、真理は小学生になった。そして間もなく、私が言いだした四月二十五日がやってきた。真理はヨンタさんからのプレゼントをとても期待していた。でも朝、枕元にプレゼントはなかった。

「ヨンタさんのケチ」

真理は頬を膨らませて怒った。それ以来、真理はヨンタさんに手紙を書かなくなった。

お母さんの再入院が決まったのは、六月に入ってすぐのことだった。もう一度、手術が必要になったのだ。

一緒に話を聞いた真理は、いやだ、いやだと言って泣いた。お母さんはそんな真理にごめんねと何度も謝っていた。だから私は泣けなかった。でも本当は、最初に入院すると話を聞いたときよりもショックが大きかった。お母さんはこれからずっと家にいてくれるんだろうと思っていたから。

入院する前の日、真理は夜更かしせずに自分から布団に入った。眠ったころ様子を見に行った私は、枕の下に画用紙が置かれているのを見つけた。

《ヨンタさん、おねがい。お母さんを元気にしてください。今年は、クリスマスのプレゼントはなくていいです。まりはずっといい子にします。あと、ヨンタさんをけちって言ってごめんなさい。だから、おねがいします。まり》

リビングのお母さんに、その手紙を届けた。

「私が本当に、サンタさんの弟子だったらよかったのに」

手紙を読み終えたお母さんがつぶやいた。私は「なんで?」と聞き返す。

「そしたら、『千鶴も真理も本当にいい子たちなんです』って、サンタさんに伝えられるでしょ」

お母さんはそう言って、寂しそうに笑った。

また一ヶ月もすれば退院できると聞いていた。だけど結局、お母さんが家に戻ってくることはなかった。七月の末に、お母さんは亡くなった。

ぐるりと世界が回ったようだった。

お母さんがいないということを、私は受け止められなかった。授業中でも、友だちとこれまでと変わらず話しているときでも、前触れなく涙が出てきた。

受け止められなかったことは、真理も同じだったんだろう。それまで手を焼くほどに元気だったのに、あまり話さなくなってしまった。代わりにこれまで口数の少なかったお父さんが、おしゃべりになった。頑張って明るくしようとしているのが、かえって悲しかった。

その年のクリスマスにも、真理の枕元にはサンタさんからのプレゼントが届いた。真理がほしがっていたりすのパン屋さんだった。

「プレゼントいらないから、お母さん元気にしてって言ったのに」

真理はプレゼントをにらみそう言うと、ランドセルから自由帳を取り出した。

《ヨンタさん　ほんとうにいい子にするから、お母さんをかえしてください》

書き始めた真理を、私は止めた。自分でも意地悪だと分かっていた。でも、ズルいと思ってしまったのだ。まだ純粋に、願えばお母さんが帰ってくるかもしれないと思える真理を。私だって本当は、何でもするからお母さんを返してくださいと誰かにお願いしたかった。

顔を上げた真理に、私は言った。

「ヨンタさんなんていないよ」

「うそ。ヨンタさんはいるよ。今もこんな大きい双眼鏡で――」

「手紙書いてたの、お母さんだったんだから。もう返事も来ない」

真理の目に、みるみる涙がたまっていった。お父さんが何事かと飛んでくる。泣きだす真理を残して、私は朝食も食べずに学校へ向かった。

やっぱり言うんじゃなかった。後悔したけどもう遅かった。

次の春、私は中学二年になった。

新しいクラスにも慣れてきたころ、授業が終わって帰る支度をしていたら、同じクラスのエミに声をかけられた。

「千鶴、また合唱部に入る気ない？」

私は歌うことが好きだった。一年生の春にはエミと一緒に合唱部に入部した。でもお母さんが再入院してから家のことで忙しくて休みがちになり、亡くなったのをきっかけに退部した。

エミは今年、部長になったという。

「だけど新入部員が集まらなくてさ。アルトが足りないの」

エミにお願いと手を合わされて、私は戸惑った。退部したときは、もう二度と歌う気分になんてなれないような気がした。でも今は、少しだけ新しいことを始めたい気持ちもある。

「お父さんに相談してみて、いいって言ってくれたら」

私が言うと、エミはもう入部が決まったみたいに喜んだ。

でも正直、私はお父さんに反対されるんじゃないかと思っていた。部活に入れば帰りが遅くなることも、休みの日に出かけることも多くなる。きっと迷惑をかけるだろう。

夕食の後、恐る恐るお父さんに話してみた。すると意外にも、お父さんは「それはいい」と嬉しそうだった。家事はできるだけ分担しようとも言ってくれた。拍子抜けした私の顔を見て、お父さんは目を細めた。

「千鶴にはこれから、どんどん楽しいことをして欲しい。そうすればきっと、悲しい気持ちも少しずつ消えていくよ」

その言葉に、私の胸はちくりと痛んだ。だから思わずきつい口調で言ってしまった。

「そんなつもりで合唱部入りたいんじゃないから」

私はお母さんが死んでしまった悲しさを、忘れたいなんて思ったことは一度もなかった。だって私が忘れてしまったら、お母さんがかわいそう過ぎる。この悲しみは、ずっとずっと覚えていなければいけない。

私とお父さんのやり取りをじっと聞いていた真理と目が合った。いたたまれずに私はもう一度、「そんなつもりはないから」と繰り返した。真理は何も言わなかった。

合唱部の活動は楽しかった。友だちと気持ちをそろえて声を出すと、少しだけ心が軽くなるような気がした。目標は夏のコンクールと、十月の文化祭のステージだ。どの曲を歌うか話し合っていたら、久しぶりにわくわくした。

それまで休み時間は一人でいることも多かったけれど、集まる仲間ができた。部活の後にコンビニに寄り道したり、休みの日に友だちの家へ遊びにいったり、世界がちょっぴり広がった気がした。だけど、楽しいと思うたびに胸がちくりと痛んだ。悲しい気持ちも消えていくと、お父さんに言われたときのように。

真理もだいぶ以前の元気印に戻ってきて、よく笑いよく話すようになった。でも時々布団に入った真理の様子を見に行くと、声を殺して泣いていることがあった。そんな真理に、私ばかり楽しい話をするのは申し訳ないような気がして、家ではほとんど合唱部の練習や友だちのことを話せなかった。

しかしある日曜日の夜、ごはんを食べながらお父さんが言った。

「今日、ライフモールで千鶴見かけたぞ」

私は驚き、お父さんの顔を見た。お父さんは、「一緒にお姉ちゃん見たよな」と真理と視線を交わしている。

「一緒にいたのは合唱部の友だちか？　すごく楽しそうで、お父さん安心した」

「おねえちゃん、楽しそうだった」と真理も言った。

私は自分の顔が熱くなるのを感じた。責められているようで、苦しかった。

その日は友だちと、近所のショッピングモールへ遊びに行った。ウィンドウショッピングをして、フードコートでクレープを食べて、帰りに隅の小さなゲームセンターでプリクラを撮った。とても楽しかった。そしてショッピングモールにいる間、私は一度もお母さんのことを思い出さなかった。

寝る前にこっそりプリクラを捨てた。ごめんなさい、という言葉が自然と口からこぼれた。お母さん、悪い娘でごめんなさい。

それから数日後、授業が終わって部活動のために音楽準備室へ向かっていた私は、携帯電話にお父さんからの留守番電話が残っていることに気がついた。

準備室の隅でこっそりかけ直したけれど、お父さんはなかなか出てくれない。あきらめて切りかけたとき、「もしもし」とささやく声が聞こえた。

「悪いんだけど、帰って真理の様子を見てくれないかな。今日お父さん、どうしても会議を抜けられなくて」

真理の担任の先生から、お父さんに連絡があったという。今日の図工の時間に絵を描いていた真理が、突然声を上げて泣きだしたそうだ。保健室で休んで落ち着いたものの、どうして泣いたのか尋ねられても、答えなかったらしい。

私が家に着いたのは六時前だった。あたりは薄暗くなっていたのに、家の電気は全部消えていた。まだ真理は帰っていないようだ。そう思いながら鍵を開けると、玄関に真理の靴が脱ぎ捨ててあった。

真理は食卓の席に着いていた。暗がりの中、身動きもせずうつむいている。

「なにしてるの」

私は電気をつけながら、その背中に尋ねた。振り返った真理が手にしていたのは、写真立てだった。お母さんが最初に入院する二ヶ月前、家族四人でディズニーランドに行ったときに撮った写真だ。

私は真理と二人分のジュースをコップに注いで、隣に腰かけた。

「学校で泣いたんだって？　誰かにいやなこと言われたの？」

写真立てを握る真理の手に、力が入ったのが分かった。

「わたし、悪い子なの」

勇気を振り絞ったように言った真理の声は震えていた。

「先生に大好きな人の絵をかきましょうって言われたから、お母さんの絵をかこうとしたの。なのに、思い出せなかった。お母さんがどんな顔だったたか」

「とっさに出てこないこともあるよ」

私は励まそうとしたけれど、真理は「ちがう！」と首を横に振る。

「どんどん思い出せなくなっちゃう。どんな声だったか、なにを話したか、きっといつかぜんぶわすれちゃう。お母さんのこと、わすれちゃう」

真理は声を上げて泣きだした。写真立てに、一粒、二粒と涙が落ちる。

私は真理を抱き寄せた。震える真理の背中をやさしくたたいた。

「大丈夫。忘れないよ、絶対。完全にお母さんを忘れることなんて、できるはずないんだから」

真理と、そして私自身に言い聞かせるように言った。

私もいつかお母さんが死んでしまった悲しさを忘れてしまいそうで怖かった。悲しさを忘れて笑うことが、お母さんや真理たちを裏切ることのようで苦しかった。

でも真理の小さな熱い体を抱きしめ、私は思った。お母さんの笑顔や、声や、優しさや、そしてきっと悲しみも、全部私たちの中から消えてなくなることなんてない。もしも将来お母さんの声を忘れてしまったとしても、それはただ、心の奥にしまっただけなんだろう。前を向いて、生きるために。

少し落ち着いた真理に「待ってて」と言って、私は押入れから缶を持ってきた。真理が赤い目で私を見上げる。私がうなずくと、真理はふたに手をかけた。

中から出てきたのは、ヨンタさんと真理がやり取りしてきた手紙だった。

「お母さんは、ちょっとお説教が多くて、いたずら好きで、とっても優しくて、いつも真理のことを思っていた。これを読めば、すぐに思い出せるでしょ」

真理はうなずいた。「わたし、字へただね」と、目尻にたまった涙をぬぐう。それから元気よく鼻をかんだ。

その夜、私たちはヨンタさんに最後の手紙を書いた。

《ヨンタさん、ありがとう。千鶴　真理》

いつものように真理の枕の下に置いた手紙は、翌朝起きるとなくなっていた。真理も知らないらしい。きっとお父さんが読んだんだねと、二人で話した。

*

「これ、お返しします。ありがとうございました」

美由紀——千鶴と真理の母は、そう言って首から下げていた顔よりも大きな双眼鏡を差し出した。休暇中のサンタが、首をかしげる。

「もういいんですか」

美由紀は「はい」とうなずいた。

「もう、あの子たちは大丈夫です」

約一年、美由紀はここから、サンタさんに借りた双眼鏡を使って二人を見守ってきた。でも、もう二人は心配ない。前に進むことができるだろう。美由紀の手の中には、二人がヨンタさんに宛てた最後の手紙が握られていた。

「一つだけ、お願いしてもいいですか」

美由紀はサンタさんを見上げた。

「千鶴も真理も、とってもいい子なんです。今年のクリスマスは奮発してあげてください。ちょっと千鶴は、年齢オーバーかもしれないけど」

サンタさんは白いひげを一なでしてから、「考えておきましょう」とほほ笑んだ。

「よろしくお願いします」

美由紀はいたずらっ子のような笑顔を見せた。

リンダブックス
99のなみだ・虹　涙がこころを癒す短篇小説集

2013年5月6日　初版第1刷発行

・編著　リンダブックス編集部

・企画・編集　株式会社リンダパブリッシャーズ
東京都港区東麻布1-8-4 〒106-0044
ホームページ http://lindapublishers.com/

・発行者　新保勝則
・発行所　株式会社泰文堂
東京都港区東麻布1-8-4 〒106-0044
電話 03-3568-7972

・印刷・製本　株式会社廣済堂
・用紙　日本紙通商株式会社

「99のなみだ」は、株式会社バンダイナムコゲームスより2008年に発売されたニンテンドーDS用ゲームソフトです。

ISBN978-4-8030-0443-4　C0193